Lv2から
Chillin Different World Life
of the EX-Brave Candidate was Cheat
from Lv2
チートだった元勇者候補の
まったり異世界ライフ 12
Miya Kinojo 鬼ノ城ミヤ
Illustrations by 片桐

Name
フリオ
∞
Name
リース
∞
——お祭りにて

Name
ウーラ
∞
Na
ロッサム
∞
Name
コウラ
∞

Name
金髪勇者
∞
「薬の影響でぇ、我を忘れているぅ、
金髪勇者様のぉ、足止めをするためにぃ、
このヴァランタインがぁ、
頑張りますのでぇ、ご容赦くださいねぇ♡」
Name
ヴァランタイン
∞

Level 2
Brave Candidate
Cheat from Lv2
Lv2からチートだった
元勇者候補の
まったり異世界ライフ12
著 鬼ノ城ミヤ イラスト 片桐

Characters

Chillin Different World Life
of the EX-Brave Candidate was Cheat from Lv2

フリオ

フリース雑貨店を営む
元勇者候補。

リース

牙狼族でありフリオの妻。

ワイン（人族の姿）

ハイスペックだが大食いな居候。

ガリル

フリオとリースの息子。
姫女王のことが気になっている。

エリナーザ

フリオとリースの娘。
フリオのことが好き。

リルナーザ

エリナーザの妹。
フリオとリースの次女

ベンネイ

日出国の言条大橋に取り憑いた
強者を求める剣豪の思念体。

ヒヤ

光と闇の根源を司る魔人。

ダマリナッセ

精神世界で修練中の
暗黒大魔導士。

ベラノ

無口で人見知りの
小動物的教師。

ベラリオ

ミニリオとベラノの子供。

ブロッサム

農作業に精を出す元剣士。

ウーラ

正義感の強い鬼族で
行き場をなくした魔族達の長。

コウラ

ウーラの娘。
マイペースで口数が少ない。

テルビレス

神界を追われたお酒好きな駄女神。
ホクホクトンの家に居候中。

in Different World Life of the EX-Brave Candidate was Cheat from Lv2

Characters

Chillin Different World Life
of the EX-Brave Candidate was Cheat from Lv2

ゴザル

史上最強と言われる元魔王。

ウリミナス

ゴザルの妻にして
魔王時代の側近。

バリロッサ

ゴザルの妻である元騎士。

フォルミナ

ゴザルとウリミナスの娘。

ゴーロ

ゴザルとバリロッサの息子。

カルシーム

元魔王代行。チャルンと共に、
フリオ家に居候中。

チャルン

カルシームの妻となった魔人形。
お茶を煎れるのが得意。

ラビッツ

カルシームとチャルンの娘。
カルシームの頭の上がお気に入り。

スレイプ（人族の姿）

元魔王軍四天王の一人。
ビレリーと同棲中。

ビレリー

スレイプと同棲中の元弓士。

リスレイ

スレイプとビレリーの娘。

エリー（姫女王）

正義感が強い苦労人で
魔法国の女王。

タニア

記憶を失ったフリオ家の
押しかけメイド（神界の使徒）。

グレアニール

フリース雑貨店で働く魔忍族。

闇王

元魔法国の国王にして
闇商会の会長。

Chillin Different World Life of the EX-Brave Candidate was Cheat from

Characters

Chillin Different World Life
of the EX-Brave Candidate was Cheat from Lv2

金髪勇者

勇者なのに魔法国から
指名手配中。

ツーヤ

金髪勇者と共に逃避行中。
お財布の中身が心配。

ヴァランタイン

邪界十二神将の妖艶な魔人で
見た目に反して大食い。

アルンキーツ

稀少魔族である荷馬車魔人
だが魔力が少ない。

ガッポリウーハー

稀少魔族である屋敷魔人だが
戦闘は苦手。

ドクソン

ゴザルの弟にして
仲間想いな新魔王。

フフン

ドクソン側近の
ドMサキュバス。

ベリアンナ

口は悪いが妹想いの
悪魔人族。

アイリステイル

ガリルの同級生で
ベリアンナの妹。

サリーナ

ガリルの同級生。
ガリルに気があるようで……？

サベア（一角兎の姿）

フリオ家のペット。
一角兎のシベアとつがいに。

シベア

サベアのお嫁さんの一角兎。

スベア

サベアとシベアの子供。
ややツリ目気味の一角兎。

セベア

サベアとシベアの子供。
可愛い目つきが特徴。

ソベア

サベアとシベアの子供。
一角兎だが、体毛の色は狂乱熊。

llin Different World Life of the EX-Brave Candidate was Cheat from Lv2

Level 2～

Lv2からチートだった元勇者候補のまったり異世界ライフ 12

Contents

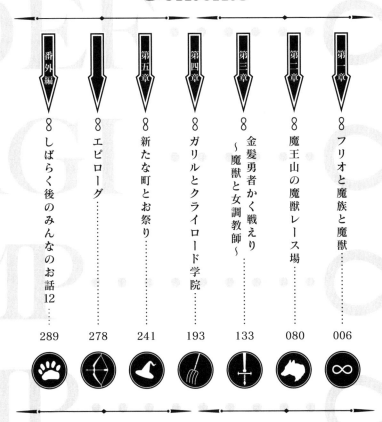

Chillin Different World Life of the EX-Brave Candidate was Cheat from Lv2

第一章 ∞……フリオと魔族と魔獣……∞

クライロード世界――。

剣と魔法、数多《あまた》の魔獣や亜人達《たち》が存在するこの世界では、人種族と魔族が長きにわたり争い続けていた。

人種族最大国家であるクライロード魔法国と魔族の最大組織である魔王軍は、休戦協定を結んだ後、順調に交流を続けていた。

魔王ドクソンを中心に一枚岩になりつつある魔王軍ではあるものの、長年敵対し続けていた人種族と友好関係を深めることに嫌悪感を抱く種族も少なくはなく、ドクソンはそんな魔族達との話し合いを繰り返していた。

一方、クライロード魔法国は、姫女王とその妹である第二王女と第三王女が中心となり、国内は問題なく統治しているのだが、その一方で、長年敵対していた魔王軍との休戦協定に内心納得していない貴族や人族国家も少なくはなく、姫女王はその対応に日々頭を悩ませていた。

そんな両陣営の間を、フリオが運営しているフリース雑貨店が運航している定期魔導船がつないでおり、人種族と魔族に多大な恩恵を与え続けていた。

この物語は、そんな世界情勢の中ゆっくりと幕を開けていく……

◇ホウタウの街・フリオ宅近く◇

早朝。

フリオ家から伸びている街道を、フリオとリース、そして姫女王の三人が歩いていた。

――フリオ。

勇者候補としてこの世界に召喚された別の異世界の元商人。

召喚の際に受けた加護によりこの世界のすべての魔法とスキルを習得している。

今は元魔族のリースと結婚しフリース雑貨店の店長を務めている。一男二女の父。

――リース。

元魔王軍、牙狼《がろう》族の女戦士。

フリオに破れた後、その妻としてともに歩むことを選択した。

フリオのことが好きすぎる奥様でフリオ家みんなのお母さん。

――姫女王。

クライロード魔法国の現女王。本名はエリザベート・クライロードで、愛称はエリー。

父である元国王の追放を受け、クライロード魔法国の舵取《かじと》りを行っている。

国政に腐心していたため彼氏いない歴イコール年齢のアラサー女子。

お忍びでフリオ家を訪れている姫女王ことエリーは、クライロード城で着ているドレス姿ではなく、質素な出《い》で立《た》ちをしており丸眼鏡をかけている。

フリオ家の玄関前から伸びている街道沿いには、まず魔馬達を放牧している牧場があり、その次に広大な農場が広がっているのだが、

「……え？」

農場の先に視線を向けたエリーは、思わず目を丸くした。

その視線の先には、巨大な山がそびえていた。

「……あ、あの……以前、ここには確かに小山がありましたけれども……こ、こんなに大きくはなかったと思うのですが……」

「えぇ、そうなんですよ。お話ししておこうと思ったのは、この山の事でして」

唖然《あぜん》としているエリーの隣で、フリオが苦笑する。

「実は、先日、人族と魔族の争いのせいで行き場を無くしていた魔族の人達を保護したものですから、一応エリーさんにもお知らせしておいた方がいいかと思いまして……」

「……は、はぁ……」

フリオの言葉を聞きながらも、エリーは驚愕《きょうがく》した様子のまま眼前の山を見つめ続けている。

「そんなに驚かなくてもよろしいではないですか」

そんなエリーへ、リースが視線を向けた。

「食べるのにも困っていた魔族達の村を、旦那様の魔法でちょっと移動させただけですわ」

そう言うと、にっこり微笑《ほほえ》むリース。

「……ち、ちょっと、って……」

リースの言葉に、エリーは目をぱちくりさせる。

（……ち、ちょっとお待ちください……こ、こんな大きな山を、まるごと別の場所から転移させたのですか？……し、しかも、そんな強大な魔法を使用された痕跡があったという報告をクライロード城で受けておりませんし……え？……え？）

「……あの、エリーさん？」

「は、はい!?」

エリーはフリオに声をかけられて、思わずその場で飛び上がる。

「ひょっとして、まずかったですかね？　届出をしないで魔族の人達の村を移転させたのって？」

「あ……いえいえ……その、これだけの山を魔法で転移させたという、フリオ様の魔法のすごさにびっくりしただけで……そ、それよりも、この山に住んでいる魔族の方々は何人くらいおられるのですか？」

「村長《むらおさ》のウーラさんを含めて八十三人になります。最初は五十人くらいだったのですが、村の噂《うわさ》を聞きつけた魔族の方々が移住してこられていまして……」

エリーの言葉に、苦笑しながら後頭部に手を当てるフリオ。

そんなフリオの隣で、リースは思い切り胸を張ると、

「あら、なんの問題もないのではありませんか？　長はウーラですけど、実質的な長は旦那様ですし、住人達は、ほら」

右手を農場へ向けた。

その手の先には、フリオ家に居候しているブロッサムが管理している広大な農場が広がっており、その農場のあちこちで魔族達が働いているのが見えた。

元々、ブロッサムと、彼女が保護しているゴブリンのマウンティ家族とホクホクトンが中心になって働いている農場なのだが、

「おぉ、誰かと思えばフリオ殿じゃないか」

そんな農場の一角で作業をしていた筋骨隆々の男が、フリオ一行に笑顔で声をかけた。

赤黒い肌。

口元からこぼれる鋭利な牙。

東方にある日出《ひいずる》国《くに》の衣装によく似た服を身につけているその男は、明らかに魔族の特徴を有していた。

すると、その男の声を合図とばかりに、その周囲で作業していた男達が次々に体を起こし、フリオ一行へ笑顔を向けていく。

「おはようございますフリオ様」

「今日も良い天気ですな、フリオ殿」

「あとでとれたての野菜をお届けしますぜ」

最初の男とは違い、魔族の姿そのままの者達は、皆、笑顔でフリオ一行に声をかけていた。

一同に、笑顔を返しながらフリオも言葉をかけていく。

そんなフリオの隣に立っているリースが、エリーへ視線を向けた。

「最初の男が、村長のウーラで、他の者達は村の住人達ですわ。ウーラは上位魔族ですので人族の姿に変化出来ますけど、他の者達は力はありますけど下位種ですので、人族の姿に変化することが出来ないんです」

「え？　で、では……」

リースの言葉を聞いたエリーの表情が曇った。

（……下位魔族は、体内の魔素をコントロール出来なくて、常に体外に漏れ出しているはず……そのため、下位魔族が集まっている場所には魔素だまりが出来てしまい、かつて魔王軍の駐屯地があったデラベザの森のように、人種族の住めない汚染されて……）

周囲を見回しながら、思案を巡らせていたエリーは、

（ですが……）

そこで、首をひねった。

そんなエリーの考えを察したフリオが、その顔にいつもの飄々《ひょうひょう》とした笑みを浮かべた。

「あぁ、魔素の事でしたらご心配なく」

そう言うと、フリオは右手を上に向け、小声で詠唱した。

その詠唱に呼応するように、フリオの手のひらの上に小さな魔法陣が展開し、その中心部に青い

光を放っている魔石が出現する。

魔法陣が消えると、その魔石はフリオの手の中にポトリと落下した。

「この魔石なのですが、魔素を無害化する効果があるんです。下級魔族の皆さんには、この魔石を身につけてもらっていますので、魔素だまりが出来ることはありませんよ」

「ま、魔素を無害化……って、浄化魔法を使用しなくても、そのような事が出来るのですか!?」

フリオの言葉に、エリーは思わず目を丸くする。

エリーがびっくりするのも無理はなかった。

クライロード魔法国の研究では、浄化以外に無力化することは出来ないとされていた。

しかも、浄化魔法を使用するには膨大な魔力が必要であり、その効果範囲は広範囲にわたり、一帯の魔素だけでなく、魔族をも消滅させる効果があった。

「ま、魔素を……浄化魔法以外の方法で無害化させることが出来るなんて……しかも、こんなに小さな魔石で……」

フリオから手渡された魔石を見つめながら、目を丸くし続けているエリー。

「フリース雑貨店で販売する魔石をあれこれ思考錯誤していたんですけど、その最中に、上手《うま》く生成することが出来たんです」

「う、上手く生成って……」

(こ、こんな特殊な魔石を、生成してしまうなんて……)

かつて魔王軍と抗争を続けていたクライロード魔法国にとって、難題となっていたのがこの魔素だまりであった。

　魔素を無害化するには浄化魔法以外に有効な手立てはなく、それ以外の手段となると、魔族達を追い払い、魔素が霧散して無害化するのを待つほかないとされていた。

「それで、エリーさん……と、いいますか、姫女王様にお願いがあるのですが」

「え？　あ、は、はい」

　フリオに、急に姫女王と呼ばれて、慌てるエリー。

　しかし、無理もない。

　最近のエリーは、クライロード城で政務を執り行う合間に、プライベートでフリオ家を訪れており、今日もその一環として訪れていたからである。

　表向きには、

『クライロード魔法国内の様子をお忍びで見て回るため』

　と、説明しているエリーだが、実際には、

『フリオの息子であるガリルと、その家族と仲良くするため』

　なのは、エリーの妹達を中心にバレバレなのだが……

　エリーが小さく咳払《せきばら》いし、落ち着いた頃合いを見計らうと、フリオは、

「実はですね、この魔石をクライロード魔法国で買い上げていただけないかと思っていまして」

　そう言うと、その顔にいつもの飄々とした笑みを浮かべた。

　その表情を前にして、エリーは再び目を丸くする。

「こ、この魔石をですか!?」

（……下級魔族の魔素を無効化させる魔石……今までクライロード魔法国でも誰も生成することが出来なかったこの魔石であれば、欲しがる者はいくらでもいるはずです……それを、クライロード魔法国で買い上げなんて……）

エリーが思案を巡らせていると、一同の後方から二人の人物が歩み寄ってきた。

「うむ、魔石をクライロード魔法国で買い上げる件については、私からの提案でもある」

そう言ったのは、ゴザルだった。


——ゴザル。

元魔王ゴウルである彼は、魔王の座を弟ユイガードに譲り、人族としてフリオ家の居候として暮らすうちに、フリオと親友といえる間柄となっていた。

今は、元魔王軍の側近だったウリミナスと元剣士のバリロッサの二人を妻としている。

フォルミナとゴーロの父でもある。

腕組みをしているゴザルは人族の姿をしており、その顔に笑みを浮かべていた。

その隣には、ゴザル同様に人族の姿をしているウリミナスが立っている。


——ウリミナス。

魔王時代のゴザルの側近だった地獄猫族《ヘルキャット》の女。

ゴザルが魔王を辞めた際に、ともに魔王軍を辞め亜人としてフリース雑貨店で働いている。

ゴザルの二人の妻の一人で、フォルミナの母。


「ゴザル様からの提案……ですか？」

「あぁ、そうだ」

エリーの言葉に、頷《うなず》くゴザル。

「確かに、この魔石を売り出せば飛ぶように売れるであろう。休戦によって職を失った下級魔族達が、魔素のせいで本来働くことが出来ないはずの人族の国で働くことが出来るようになるのだからな……だが」

ここで、小さくため息をつくゴザル。

「……そういった者達が全員、この農場で働くような選択をしてくれればよいのだが……考えてもみよ、休戦協定によって職を失った魔族というのは、その大半が傭兵《ようへい》として人族との戦いによって魔王軍から金を得ていた者達が大半だ」

「そんな血気盛んニャ者達が、農作業で満足出来るはずがニャいニャ。例えば、魔王軍との休戦協定に納得していニャい人族に雇われたり……」

ゴザルに続いて言葉を続けるウリミナス。

その言葉に、エリーはハッとなった。

（……そういえば、数日前……）

◇数日前・クライロード城内　姫女王の自室◇

この夜、姫女王の自室を第二王女と第三王女が訪ねていた。

――第二王女。

姫女王の一番目の妹で、本名はルーソック・クライロード。

姫女王の片腕として、魔王軍と交戦状態だったクライロード王時代から外交を担当し、他の人種族国家と話合いを行っていた。

ざっくばらんな性格で、普段は姫女王にもフランクに話しかける。

――第三王女。

姫女王の二番目の妹で、本名はスワン・クライロード。

姫女王の片腕として、貴族学校を卒業して間もないながらも主に内政面を任されている。

姫女王の事をこよなく愛しているシスコンでもある。

すでに政務は終わっており、プライベートな時間ということもあって、正装ではなく寝間着兼用のラフな着衣に着替えている姫女王は、自室の椅子に座っている。

そんな姫女王の前に、同じく私服に着替えている第二王女と第三王女が立っていた。

「……では、第二王女の調査によると、魔族の傭兵を雇い入れようと画策している国がある、というのですか?」

第二王女の報告を聞いた姫女王は、思わず生唾を飲み込んだ。

その言葉に、ため息をつきながら頷く第二王女。

「そうなんだよね……なんつうか、姫女王姉さんの行った魔王軍との休戦協定に納得出来ないとかで、極秘裏に傭兵を雇い入れている国があるみたいでさ……それにしては、人族の動きが見受けられないなぁ、と思って、ちょっと調べてみたらさ……」

やれやれといった表情を浮かべながら、再度大きなため息をつく第二王女。

その隣で、第三王女が肩を怒らせながら口をへの字に曲げていた。

「まったく、何を考えているのですのん!? 魔王軍と敵対していた際には、その対応のほとんどをクライロード魔法国に丸投げにしておいて、いざ、休戦協定が結ばれたら結ばれたで、裏でそんな事をこそこそするなんて! ホントにもう、信じられませんですわん!」

顔を真っ赤にしながら声を荒らげている第三王女……なのだが、童顔な第三王女だけに精一杯怒りの表情を浮かべてはいるものの、見る者に可愛《かわい》らしい印象しか与えられていなかった。

そのため、第二王女は口元を右手で押さえながら、笑ってしまいそうなのを必死に堪《こら》えていたのだった。

「こ、こほん……そ、それで第二王女、その計画はどれくらい進んでいるのですか?」

「あ、あぁ……うん、それなんだけどさ、魔素だまりが問題になって、上手く進んでいないみたいなんだよね。まぁ、それでも怪しい動きをしているヤツらはいるみたいなんで、そっちの警戒は続けているからさ」

◇◇◇

数日前の第二王女の話を思い出していたエリーは、表情を曇らせていた。

(もし、フリオ様の魔石がそのまま市場に出てしまえば、下位魔族達を傭兵として雇い入れようとしている国や貴族達が手段を選ばずに魔石を入手しようとするはず。

人族の冒険者達を傭兵として雇い入れようとすれば、冒険者組合から報告が上がってくるでしょうし……魔素を気にすることなく下位魔族達を傭兵として受け入れることが出来るとなれば……)

思案を巡らせながら、表情を曇らせるエリー。

そんなエリーの思惑を察したのか、フリオはエリーにいつもの飄々とした笑顔を向けた。

「ですので、この魔素無力化魔石をクライロード魔法国で買い上げていただき、すべてクライロード魔法国の専売にしていただければ、販売量を調整出来ますし、販売先を記録することも出来ると思いまして」

フリオの言葉に、ゴザルとウリミナスも頷いていた。

そんな中、フリオの隣のリースは不満そうな表情を浮かべていた。

「私としましては、そんな事をしなくても、よからぬ事を企《たくら》んでいる者達なんか、みんなまとめて殲滅《せんめつ》してしまえばいいのではないかと思っているのですけどね。何しろ、旦那様の元には、この私に加えて、魔族最強のゴザルとその側近だったウリミナス、元魔王軍四天王のスレイプとその精鋭部隊、魔人ヒヤ、暗黒大魔導士ダマリナッセ、龍族最強のワインと、十二分すぎる戦力を有しておりますから」

うんうんと頷きながら言葉を続けていたリースは、その視線をエリーへ向けた。

「まぁ、あれですわ。本来人族の国がどうなろうと知ったことではないのですが……他ならぬガリルのお嫁さん候補のあなたのためでしたら、やぶさかではありませんわ」

…………

「……え？」

リースの言葉を聞いた後、しばし沈黙していたエリーの顔が瞬時に真っ赤になった。

顔どころか、首や肩まで真っ赤になったままその場で硬直しているエリー。

（ががが、ガリルくんのおおおお嫁さん候補って……いいい、いえ、あの……そそそ、そうなったらいいなと思ってはいないことはないのですが……そそそ、その……ががが、ガリルくんのお母様からそんな事をいきなり言っていただけるなんて……）

エリーは両手で頬を押さえながら、そんな思惑を巡らせる。

そんなエリーを、リースは怪訝《けげん》そうな表情で見つめた。

「あら？　ガリルのお嫁さんにっていうのは、嫌でしたの？」

「ととと、とんでもございません！　むしろ、すぐにでもお嫁さんにしていただきたいと常日頃から……あ……」

リースの言葉に、思わず本音を口にしてしまったエリーは、先ほど以上に顔を真っ赤にしながらその場に座り込んだ。

そんなエリーの様子を、リースは怪訝そうな表情で見つめた。

「不思議な人ですねぇ。我が家の料理の手伝いに来てくれているのも、花嫁修業の一環でしょう？　そこまでしておきながら、何を今更恥ずかしがる必要があるのでしょう？」

「まぁまぁリース」

フリオは、苦笑しながらリースの肩に手を置いた。

「とりあえず、雑談はそのくらいにしておいて……エリーさん」

「え？　あ、は、はい!?」

フリオの言葉に、エリーは顔を真っ赤にしたまま慌てて立ち上がる。

そんなエリーの様子に、フリオは思わず笑みを浮かべた。

「そんなわけで、魔石の件ですけど、お願い出来ますか？」

「は、はい！　最終的には持ち帰って議会を経てってことになりますが、私的にはまったく問題ありません。むしろ、ぜひお願いしたいと思っております」

両手を体の前で組み合わせ、腰を九十度曲げて頭を下げるエリー。

そんなエリーの様子に苦笑しながら、フリオは両手を左右に振った。

「こちらがお願いしているのですから、そんなにかしこまられたら困ってしまいますよ」

フリオの言葉に、慌てて顔を上げる。

「あ、あの……念のための確認なのですが……生産数はどれくらいの規模になりそうなのでしょうか？　これだけの魔石になりますと……」

そこまで口にして、エリーは考え込んだ。

（……こ、これだけ稀少《きしょう》な魔石……フリオ様から見本をいただき、指導していただけば、月に十個程度の量産は可能だと思いますが……魔法を得意にされているフリオ様が作成されるのであれば、そんな規模ではないはず……そうですね、月に百……いえ、百五十くらいは……）

考えを巡らせているエリー。

フリオは、そんなエリーへ視線を向けながら、その顔にいつもの飄々とした笑みを浮かべていた。

「あぁ、ちなみに、魔石の生成なのですが……」

◇その頃・ホウタウの街フリオ宅◇

フリオ宅の二階の一室。

自室であるその部屋の中で、エリナーザは机に向かっていた。


――エリナーザ。

フリオとリースの子供で、ガリルとは双子の姉で、リルナーザの姉。

しっかり者でパパの事が大好き。

魔法の才能がある。


右手の人差し指を立て、左手で分厚い魔導書を開いている。

魔導書はエリナーザの魔法で宙に浮いており、開かれているそのページへ、ふんふんと小さく頷きながら視線を向けている。

「……そっか、この魔法を発動させるには、ここでこの呪文を使う必要があるのね」

納得したように大きく頷くと、小さく詠唱していく。

同時に、エリナーザの額の水晶が輝きはじめる。

右手の人差し指の先に小さな魔法陣が展開しはじめ、その周囲に赤い糸状の物体が出現していく。

横目でそれを確認しながらエリナーザは詠唱を続ける。

そのまま詠唱を続けていると、

「……あ、あら？」

エリナーザは目を丸くし、びっくりした表情を浮かべる。

同時に、パリンという乾いた破壊音と同時に、赤い糸状の物体と魔法陣が同時に砕け散り、空中に霧散していった。

「……う〜ん……また失敗したみたいですね」

表情を曇らせながら、う〜ん、と腕組みするエリナーザ。

そんなエリナーザの後方から、ヒヤが歩み寄った。

「……ふむ、そうですね。今の詠唱はとても素晴らしかったのですが、いかんせん、エリナーザ様の経験不足とでも申しましょうか……」

「そっか、経験不足かぁ……う～ん、やっぱりまだまだパパみたいにはいかないってことかぁ」

ヒヤの言葉に、エリナーザは腕組みをしたまま首を少しひねる。

「この魔人生成魔法を自在に使えるようになれば、パパのお仕事のお手伝いをもっともっと出来るようになるわけだし……なんとしても、自在に操れるように頑張らないと、うん」

表情を引き締めながら、大きく頷くエリナーザは、

「よっし、こんな魔法くらい、すぐに使えるようになってみせるんだから！　この、ヒヤの魔導書があればきっと出来るようになるわ！」

改めて、魔導書へ視線を向けていく。

そんなエリナーザの後方で、ヒヤはその顔に苦笑を浮かべていた。


――ヒヤ。

光と闇の根源を司《つかさど》る魔人。

この世界を滅ぼすことが可能なほどの魔力を有しているのだが、フリオに敗北して以降、フリオの事を『至高なる御方《おんかた》』と慕い、フリオ家に居候している。

（今、エリナーザ様が成功させようとなさっている魔法は、使い魔の魔人を生み出す魔法……私が見つけ出した、魔導書にその詠唱方法が記載されてはおりますが、その魔導書はかつてクライロード魔法国の禁書として扱われていた別世界の魔導書であり、このクライロード世界で使用出来る者といえば……おそらく至高なる御方お一人ではないかと……それに……）

ここで、ヒヤは視線を隣室へ向けた。

エリナーザの部屋に限らずフリオ家の個人の部屋は本来二部屋しかなく、一部屋がプライベートルームでもう一部屋が寝室になっている。

しかし、ヒヤの視線の先には寝室の隣に別の部屋が存在していた。

その部屋は、エリナーザが魔法で増設した空間であり、その部屋の中ではエリナーザを小型化した魔人形達がせっせと魔石を生成し続けていた。

（……使い魔の魔人を生み出せなくとも、これだけの魔人形を生成出来るだけでも、相当な技量だと思うのですが……）

そんな事を考えながら、作業を続けているエリナーザ型の魔人形達を見つめているヒヤ。

そんなヒヤの視線に気付いたエリナーザは、

「あ、魔人生成魔法の練習をしているけど、パパのお店で販売するための魔素無効化魔石の生成もちゃんとやってるんだからね」

そう言うと、にっこり微笑んだ。

（……ふむ……あの魔石ですが、クライロード魔法国では生成されたことがない物でありますし、私や至高なる御方が指導したとしても、月に十個生成出来れば上出来……ですが、あの魔人形達は、一時間に十個のペースで生成しているみたいですが、私が生成したとして……同じペースで生成するのは少々難しいかもしれませんね……そんな高度な作業を、他の魔法の研究をしながら、自らが操っている魔人形達に行わせることが出来るとは……)

ヒヤは改めてエリナーザへ視線を向ける。

その視線の先で、エリナーザは魔導書へ視線を向けていた。

その額では、魔石が鮮やかな輝きを放っている。

(至高なる御方に付き従うのも楽しい修錬でございますが、そのご息女様に付き従うのもまた、この上なく楽しい修錬でございますね……)

ヒヤがそんな思案を巡らせていると、

『ちょっとヒヤ様！』

その脳内に、突然声が響き渡った。

『おや？　ダマリナッセではありませんか。どうかしたのですか？』

『どうしたもこうしたもないじゃない。ヒヤ様の精神世界で大人しくしていたら、フリオ様やエリナーザ様との修錬が楽しいとか言い出しちゃって……』

――ダマリナッセ。

暗黒大魔法を極めた暗黒大魔導士。

すでに肉体は存在せず、思念体として存在している。

ヒヤに敗北して以降、ヒヤを慕い修練の友としてヒヤの精神世界で暮らしている。


脳内に直接聞こえてくるダマリナッセの声に、ヒヤは思わず苦笑する。

『何を言っているのですか。至高なる御方やエリナーザ様との修錬は、あくまでも魔法の修行としての修錬。ダマリナッセとの修錬とは別物でしょう?』

『い、いや……それはわかっているんだけどさ……なんか、ちょっと……その……』

途端にモゴモゴと口ごもっていくダマリナッセ。

『そんな嫉妬などしなくても大丈夫ですよ』

『い、いや……べ、別にアタシは嫉妬なんか……』

『ちゃんと、夜にはダマリナッセが望んでいる修錬をしてあげますから、お待ちください』

『ひ、ヒヤ様がそう言うのなら……わかったよ……ま、待ってるんだからね!』

ヒヤの言葉に、ダマリナッセの口調は最後にはどこか嬉《うれ》しそうなものになっていた。

そんなダマリナッセの声を確認すると、ヒヤは満足そうに頷く。

(至高なる御方と奥方様が、夜な夜な体を重ね合う行為を何故《なぜ》なさるのか……最初の頃は疑問しかなかったのですが、こうしてダマリナッセと修錬を重ねていると、少しではありますがそのお気持ちを理解出来そうな気がいたしますね……)

そんな事を考えながら、自らの唇に人差し指を当てる。

エリナーザは、そんなヒヤの様子を横目で見つめていた。

（……ヒヤってば、時々あんな表情をするのよね……よくわからないのですけど……ちょっと大人っていうか……）

そんな事を考えているエリナーザは、成人したとはいえ、まだまだお子様であった。

◇◇◇

「そうですか……それでは、魔石の生成はエリナーザさんが頑張っておられるのですね」

「えぇ、ホウタウ魔法学校でしっかり勉強して、魔法が得意なヒヤからも色々教えてもらっていまして、僕よりすごい魔法使いになるのも時間の問題なんじゃないかな、って思うんですけど」

エリーの言葉に、フリオは嬉しそうな笑みを浮かべる。

いつもの飄々とした笑顔ではなく、娘の成長を心の底から喜んでいる父親の表情だった。

そんなフリオの様子に、ゴザルは苦笑すると、

「フリオ殿よ、確かにエリナーザの成長には目を見張るものがあるが、さすがに貴殿を超えるのは……」

そこまで言葉を発したところで、隣に立っていたウリミナスが右肘を思いっきり脇腹に叩《たた》き付けていった。

「ニャ！　こういう時は空気を読んで、そういう事は言ってはいけないニャ！」

「う、うむ？　そ、そういうものなのか？　これは失礼した」

後頭部に手を当てながら、ハハハと笑うゴザル。

その隣で、ウリミナスは右肘をさすりながら口をへの字に曲げていた。

全力で右肘を叩き込んだにもかかわらず、ゴザルの体はビクともしないどころか、ウリミナスの肘に逆にダメージを与えている。

そんな二人の様子に、一同は思わず笑い声をあげた。

「それでは、そろそろ家に戻りましょう。朝ご飯の準備のお手伝いをいたしませんと」

ひとしきり笑った後、腕まくりをするエリー。

そんなエリーに、フリオはいつもの飄々とした笑顔を向ける。

「あ、エリーさん。今朝はもう一箇所ご案内したい場所がありまして」

「もう一箇所、ですか？」

フリオの言葉に、エリーは首をひねった。

◇ホウタウの街・フリオ宅近く◇

フリオ宅の前方、放牧場や農場に向かって伸びている街道。

その街道を逆に向かうと、ホウタウの街の防壁にある門へ到着する。

その先は途中で左右に分かれており、左に行くとホウタウの街。右に行くと近隣の街へ向かって伸びている。

右の街道を少し進み、そこから森の中へ入っていくと、そこに大きな湖があった。

「ぶっはぁ！」

湖の中から、ワインがすごい勢いで飛び出してきた。


――ワイン。

龍族最強の戦士と言われている龍人《ドラゴニュート》。

行き倒れになりかけたところをフリオとリースに救われ、以後フリオ家にいついている。

エリナーザ達の姉的存在。


「あはは！　きっもちいい！　きっもちいい！」

水しぶきを周囲にまといながら宙を舞ったワインは、満面に笑みを浮かべながら、両手両足を広げていき、大の字になったまま、どっぽ～ん！　と湖の中央あたりに落下していった。

当然のように一糸まとわぬ裸体であったのは言うまでもない。

「ワインお姉ちゃん、すごいですねぇ……まるでお魚さんみたいです」

そんなワインの様子を、リルナーザが湖畔近くで見つめていた。


――リルナーザ。

フリオとリースの三人目の子供にして次女。

調教《テイム》の能力に長《た》けていて、魔獣と仲良くなることが得意。

その才能を活用し、入学前のホウタウ魔法学校で魔獣飼育員をしている。


リルナーザは、ホウタウ魔法学校の学校指定水着である、紺色の水着に身を包み、いつもの帽子を被《かぶ》っていた。

そんなリルナーザの後方には、狂乱熊《サイコベア》姿のサベアが二本足で立っており、水面を自由自在に飛び跳ねているワインの姿を見つめながら、

『わほ！　わほ！』

頭の上で両手を叩いていた。


――サベア。

元は野生の狂乱熊《サイコベア》。

フリオに遭遇し勝てないと悟り降参し、以後ペットとしてフリオ家に住み着いている。

普段はフリオの魔法で一角兎《ホーンラビット》の姿に変化している。


リルナーザとサベアの足元では、サベアの妻である一角兎《ホーンラビット》のシベアと、その子供であるスベア・セベア・ソベアの四匹が、サベア同様に楽しそうに飛び跳ねながら前足をパチパチ叩き続けている。

——シベア。
元は野生の一角兎《ホーンラビット》。
サベアと仲良くなり、その妻としてフリオ家に居候している。

——スベア・セベア・ソベア。
サベアとシベアの子供たち。
スベアとソベアは一角兎《ホーンラビット》の姿をしており、セベアは狂乱熊《サイコベア》の姿をしている。

「ホント、ワイン姉さんの身体能力はすごいな」
リルナーザ達の近くにある小屋の前に立っているガリルは、一同の楽しそうな様子に自分も笑みを浮かべていた。

——ガリル。
フリオとリースの子供で、エリナーザとは双子の弟で、リルナーザの兄にあたる。
いつも笑顔で気さくな性格でホウタウ魔法学校の人気者。
身体能力がずば抜けている。

ガリルもまた、リルナーザ同様にホウタウ魔法学校の学校指定水着を着用しており、裸の上半身には白地のパーカーを羽織っている。

ちなみに、この小屋、フリオがこの湖の事を気に入り、いつでも家族で遊びにこられるようにと魔法で建築したものであった。

外観は、ちょっとした倉庫程度の大きさにしか見えないのだが、中はフリオの魔法で拡張されており、平屋にもかかわらずフリオの本宅のリビングなみの広さの部屋が五部屋もあり、倉庫として使用している地下室も設置されていた。

ガリルは、そんな小屋の前、石を組み合わせて作られている竈《かまど》で、調理の準備をしている最中だった。

すると、ガリルの背後に霧が出現していき、やがてその霧の中から一人の女が姿を現す。

「これはこれは、さすがは我が主《あるじ》殿の義姉殿でございますね。足場のない水の中からあれだけの跳躍をなさるとは」

その顔ににこやかな笑みを浮かべているその女――ベンネエは、手に持っている長刀《なぎなた》を肩に乗せた格好で、ガリルの元へ歩み寄る。


――ベンネエ。

元日出国の剣豪であり肉体を持たない思念体。

一騎打ちでガリルに敗れ、その強さに感服しガリルの使い魔として付き従っている。

「主殿は、食事の準備をなさっておられるのですか？」

「うん、そうなんだ。もうすぐ父さん達もやってくるだろうから、みんなで朝ご飯でも、と、思ってさ」

「承知いたしました」

そう言うと、ベンネエは、自らの着衣に手をかけた。

白を基調とした東方特有の着物を身につけ、頭から頭巾を被っているベンネエは、それらを一挙動で脱ぎさると、

「では、このベンネエ、湖より食材《さかな》を調達してまいりましょう」

そう言うが早いか、湖に向かって駆け出した。

なお、その姿……東方特有の褌《ふんどし》をしめ、上半身はサラシを巻いて胸を押さえているだけという、かなり露出度の高い姿になっており、

「ちょ!?　ちょっとベン姉さん!?　そ、その格好はちょっと……！」

湖に向かって駆け出したベンネエの姿を後ろから見ていたガリルが、思わず顔を赤くしながら、慌てて呼び止めようとする程であった。

その時だった。

裸で湖の中を泳ぎ続けているワイン。

かなり際どい衣装で湖に駆け込んでいくベンネエ。

そんな二人の周囲を一陣の風が舞った。

「ふ、ふぁ!?」

「……おや?」

同時に困惑した声をあげるワインとベンネエ。

二人の体には、リルナーザが着ているホウタウ魔法学校の学校指定水着がつけられていた。

二人が困惑している中、湖畔のガリルの隣にタニアがズザッと着地する。


——タニア。

本名タニアライナ。

神界の使徒であり強大な魔力を持つフリオを監視するために神界から派遣された。

ワインと衝突し記憶の一部を失い、現在はフリオ家の住み込みメイドとして働いている。


立ち上がると、その視線をワインとベンネエへ交互に向けていく。

「ワインお嬢様、いつも申し上げていますでしょう。外ではくれぐれも裸にならないように、と。それに、ベンネエ! あなたもです。ガリル様の使い魔がそんな破廉恥な服装をすると、主であるガリル様の品位を疑われてしまうということに、何故考えがいたらないのですか?」

いつもの静かな口調ながらも、背後に怒りのオーラをまとっている。

そんなタニアの前で、ワインは、

「や～の！　や～の！　これ、鬱陶しいの！」

途端に、体にフィットしている水着に手をかけ、脱ごうとする。

その時だった。

ずぉぉぉぉぉぉぉ！

不意に、ワインの背後の水面が浮き上がりはじめた。

それに気付いたワインは、肩越しに後方へ視線を向ける。

その視線の先、盛り上がった水の中から巨大な魔獣が出現した。

巨大な蛇の姿をしているその魔獣は、青い鱗《うろこ》に覆われた体をくねらせ、背の羽根をはばたかせながらまっすぐ上空に向かって飛び上がっていく。

そんな様子に、小屋の窓から顔を出したフォルミナとゴーロが目を丸くしていた。


――フォルミナ。

ゴザルとウリミナスの娘で、魔王族と地獄猫《ヘルキャット》族のハーフ。

ゴザルのもう一人の妻であるバリロッサにもよくなついている。

ガリルの事が大好きな女の子。


――ゴーロ。

ゴザルとバリロッサの息子で、魔王族と人族のハーフ。

ゴザルのもう一人の妻であるウリミナスにもよくなついている。

口数が少なく、姉にあたるフォルミナの事が大好きな男の子。


「うわぁ！　でっかい魔獣なの！　ねぇ、戦っていい？」

フォルミナは、そう言うが早いか腕まくりをしていた。

そんなフォルミナの元に、ゴーロがトトトと駆け寄っていく。

「……フォルミナお姉ちゃんが行くのなら、僕も行く」

そう言うが早いか、両腕をぐるんぐるんと振り回しはじめる。

二人とも、先ほどまでの人族の姿から、魔族の姿に自らの姿を変化させており、背に出現した羽根を羽ばたかせて飛翔《ひしょう》する。

そんな二人の後方に、リスレイが部屋の中から駆けつけてきた。


——リスレイ。

スレイプとビレリーの娘で、死馬《しば》族と人族のハーフ。

しっかり者でフリオ家の年少組の子供達のリーダー的存在。


「ちょっと!?　ミナちゃんも、ゴーちゃんも、危ないことしちゃ駄目だってば！」

窓から手を伸ばし、二人に戻ってくるようにと右手を振るリスレイ。

しかし、魔獣と戦うことにワクワクしているフォルミナと、そんなフォルミナを守ることに集中しているゴーロの耳には、その声はまったく聞こえていなかった。

そんな二人の後、小屋の後方からもう一人の女の子が駆け出してくる。

「……まかせて」

その女の子は、小さな口調でそう言うと、自らが身につけている東方の着物風の衣装を脱ぎさり、トトトと助走を付けた後、空に向かって飛び上がった。

「え？　あれ？　コウラ!?」

空中を飛翔していたフォルミナは、自らの隣を高速で飛び去っていく少女の姿に気がつき、目を丸くした。


——コウラ。

鬼族の村の村長ウーラの一人娘。

妖精族の母と鬼族の父の血を受け継いでいるハイブリッド。

シャイすぎて人見知りがすごいのだが、フリオ家の面々にはかなり心を開いている。

フォルミナの視線の先、ベンネエと同じサラシで胸のあたりを巻き、褌を巻いている姿のコウラは、右の拳をグッと握った。

すると、コウラの右腕が十倍近くに巨大化していく。

「わわわ!?　コウちゃんの右手がおっきくなっちゃった!?」

空中で驚きの声をあげているフォルミナ。

フォルミナの隣では、ゴーロも目を丸くしていた。

そんな二人を抜き去り、空中を弾丸のように飛翔していたコウラは、巨大化した右腕をグルグル振り回し、

「……どっかん」

無表情にそう言うと、巨大化している右腕で魔獣の顔面をぶん殴った。

魔獣は、その衝撃を受けて後方に倒れ込み、どっぽおおおおおおおおん！　とそのまま湖の中に倒れ込んでいく。

「……ほう、あのお嬢もなかなかやりますね。ですが、拙者も負けてはおられませぬ」

そこに、ベンネエが、手にしている長刀を振り回しながら駆け寄っていく。

思念体のため、自らの重量を自在に調整出来るベンネエは、水面の上を駆けるようにして突き進むと、湖の中に長刀を突っ込み、次の瞬間それを水の中から空中に向かって振り上げる。

すると、水の中に落下したばかりの魔獣が、今度は上空に向かって放り投げられていく。

その体は、湖の中央あたりから湖畔へ向かって力なく飛翔していた。

ベンネエの長刀で、空中に放り投げられた格好になった魔獣は、最初のウーラの一撃に続いての攻撃をくらい、ほぼ意識を失っていた。

「や、や〜の！　や〜の!!　ワインが倒すの！　倒すの！」

ワインは自らの体に青色の鱗を出現させ、半龍人《ドラゴニュート》の姿に変化させる。

湖の中央近くで臨戦態勢を整えていたワインは、出現したばかりの魔獣が自らの眼前から遠ざかっていく様子を目の当たりにして不満の声をあげながら、魔獣の後を追いかけていく。

ちょうどその時、小屋の隣に魔法陣が出現した。

その魔法陣は光り輝きながら回転し、程なくしてその中央付近から黒色のドアが出現していく。

そのドアが開き、中から眼鏡姿のエリーが姿を現したのだが——そんなエリーの眼前に、気絶している魔獣がまっすぐ向かってきていた。

「……え？」

その光景に、エリーは一瞬にして凍り付く。

エリーは鬼の山の近くからフリオの転移魔法でここに移動してきた直後だった。

エリーが完全に動作を停止している中、そこに向かってまっすぐ向かっている魔獣と、エリーの間にガリルが割り込んだ。

右手を伸ばし、その手で魔獣を受け止めるガリル。

すると、魔獣の体はその場でピタッと止まってしまった。

ちなみに、魔獣の全長は軽く二十メートルはあり、ガリルの何倍もの大きさと重さをしているのだが、そんな魔獣の体を、ガリルは右手一本で止めてしまったのであった。

「ちょっとベン姉さん、魔獣を湖畔に飛ばす時は気を付けてってお願いしたじゃないですか。小屋には子供達がいるんだし、こうしてお客さんが来る予定もあったんだし」

ガリルは苦笑しながら、魔獣をゆっくり地面の上に下ろしていく。

そんなガリルの元に、ベンネエは、

「おっと……これは大変失礼いたしました。このベンネエ、一生の不覚でございます」

言葉では謝罪しながらも、反省した様子もない表情のままガリルの元へ歩み寄っていく。

「では、言いつけを守れなかった罰として、今宵《こよい》、この私の体に存分に罰を与えていただきたく……」

ベンネエはワザと前屈すると、胸元を強調していく。

そんなベンネエを前にして、

「いや、いつも言ってるけどさ。ベン姉さんは僕の使い魔なんだから……反省さえしてくれれば、そういうのは必要ないから」

苦笑しながらガリルはそっぽを向いた。

「……そうですか？　拙者といたしましては、主殿のお情けを頂戴し、あわよくばお世継ぎを孕《はら》むことが出来ればと……」

口元に笑みを浮かべながら自らのお腹《なか》をさすっていく。

ちなみに、日出国において、ベンネエは自分より強い者を求め、一騎打ちを挑み続けていた。

そんな中、ガリルとの一騎打ちに敗れ、使い魔になることを決めたベンネエは、使い魔として付き従い、時にガリルと剣技の修錬を行っていたのだが、最近ではガリルとの間の子供を……と、いう考えに至っていたのであった。

「だから、ベンネエさんは思念体なんだから、そういう事は出来ないでしょう？」

「拙者もそう思っていたのですが、ヒヤ殿によりますと強靱《きょうじん》な思念を持っている思念体であれば問題ないとのことで……と、いう事であれば拙者も可能性はゼロではないかと……ささ、何はともあれ、試してみないことには……」

ベンネエは、そう言うと水着の肩紐《かたひも》に手をかけ、それをズラして……

「駄目です！」

そんなベンネエの眼前に、エリーが駆け寄ってきた。

立ったまま意識が飛んでいたエリーだが、ベンネエがガリルに迫っているのを目の当たりにし、我に返ったエリーは、二人の間に慌てて割り込んでいったのであった。

「が、ガリル君と、そ、そういう事は、その……よろしくないと思うのです、けど……」

顔を真っ赤にし、声を上ずらせながらも、エリーは必死に冷静を装う。

「……ほう？」

そんなエリーの様子に、ベンネエは自らの口元に手を当てながらその顔に笑みを浮かべた。

「これはこれは主殿の正妻殿ではございませんか」

「せ、正妻!?」

ベンネエの言葉に、エリーは顔どころか首まで真っ赤になっていく。

「ご安心ください。拙者は正妻の座を争うつもりはございません。あわよくば、主殿とのお子を賜りたいと思ってはおりますが、正妻殿のお子様が出来ました際に、その教育係をお任せいただければ、それで問題ございませぬゆえ」

ベンネエがそこまで言うと、その首元に大鎌があてがわれた。

「……戯れはそこまでにしていただきましょう」

ベンネエの背後に立っていたのはタニアだった。

背後に神界の使徒特有のボロボロの外套《がいとう》をまとい、顔の半分を骸骨の姿に変化させながら、神界の使徒の専属武器である断罪の大鎌をベンネエの首筋に突きつけている。

「ご主人様のお孫様ということは、いずれフリオ家をお継ぎになられるお方。そのような大事なお方の教育係を、あなたのような色ボケ怪力女にお任せ出来るわけないではありませんか。そのお役目は、不肖ながらもこの私、タニアが全身全霊をもって務めさせていただきますゆえ、色ボケ怪力女、は大人しく……」

表情を変えることなく言葉を続ける。

「ほう?」

そんなタニアの言葉に対し、ベンネエは口元に笑みを浮かべた。

「拙者の背後を気取られることなく取ったことに関しては、まずは賛辞を送らせていただきましょう。ですが、ここは譲れないのです」

その体を霧化させタニアの眼前から消え去ると、次の瞬間、タニアの背後で実体化し、振りかぶった長刀を大上段から振り下ろしていく。

ガキィッ!

それを、断罪の大鎌で弾《はじ》き返すタニア。

即座にその場から移動し、ベンネエと距離を取る。

「……ほう、この一撃を凌《しの》ぎますか」

「あら、この程度の攻撃でこのタニアを仕留めることが出来るとお思いでしたか？」

互いに視線を交わしながら、その場で身構える二人。

そんな二人の後頭部を、
スパン！　スパン！

「二人ともそこまでです」

横から駆け寄ってきたリースが平手ではたいた。

「お、奥方様……」

「ご母堂……」

腕組みをし、タニアとベンネエを睨《にら》み付ける。

そんなリースを、タニアとベンネエはぽかんとした表情で見つめていた。

「タニアもベンネエも、時と場所を選びなさい。今日はここにお客様をお呼びすると言っていたでしょう？　そんなお客様の前で何をしているのですか！」

「こ、これは……も、申し訳ございません奥方様」

「た、大変失礼いたしましたご母堂様」

不機嫌そうな表情を隠そうとしないリースの前で、タニアとベンネエは慌てて片膝をつき、頭を下げる。

（……い、今の奥方様の動き……色ボケ怪力女と対峙《たいじ》していたとはいえ、まったく気がつきませんでした……）

（……さすがは主殿のご母堂……まさかこのベンネエが背後を取られたばかりか、後頭部への一撃を許すとは……）

リースの前にひれ伏しながら、タニアとベンネエはそんな事を考えていた。

そんな一同の様子を、転移ドアから出て来たばかりのフリオが、苦笑しながら見つめていた。

「一応、魔獣が飛んできていたのには気がついていたから、防壁魔法を展開しておいたんだけど……」

「そうだったんだ。とにもかくにも、エリーさんが無事でよかった」

苦笑しながら顔を見合わせているフリオとガリル。

そんな二人に挟まれているエリーは、

（……と、飛んできた、あのサイズの魔獣を片手で受け止めてしまったガリル君もすごいですけど、それよりも早く防壁魔法を展開なさっていたフリオ様も、本当にすごい……）

目を丸くしながら、二人を交互に見つめていた。

◇◇◇

しばらく後、どうにか平静を取り戻した湖畔の小屋の隣。

「もう、駄目ですよ！　いきなり飛び出したりしちゃあ」

水着姿のリルナーザが、先ほどの蛇の魔獣に優しく言い聞かせていた。

先ほどひどい目にあったばかりの蛇の魔獣は、「キュ～ン……キュ～ン……」と今にも泣き出しそうな鳴き声を漏らしながら、リルナーザに向かって頭を垂れていた。

そんなリルナーザの周囲には、狂乱熊姿《サイコベア》のサベアとその家族達が集合しており、リルナーザの言葉に呼応するかのように、蛇の魔獣に向かって、
ふんす！

ふんす！

ばほ！

ふん！　ふん！

と、思い思いに鳴き声をあげていた。


エリーは、小屋のオープンデッキに準備されていた椅子に座り、その光景を見つめていた。

「……あ、あの……フリオ様。あれは一体……」

「あぁ、あれですか」

エリーの言葉に、その向かいに座っているフリオがいつもの飄々とした笑顔を向けていく。

「リルナーザは、調教《テイム》の能力が生まれつき強いみたいでして、よっぽどの害獣でなければ、ああ

やって会話して仲良くなることが出来るんですよ」

「そ、そうなのですね……」

フリオの言葉に、小さく頷くエリー。

（クライロード城にも調教師の者はおりますが……あんなに巨大な魔獣と会話出来る者は……）

エリーがそんな事を考えていると、

「さ、朝食前の紅茶でありんす」

そんなエリーの前に、チャルンが紅茶の入ったカップを置いた。


——チャルン。

かつて魔王軍の魔導士によって生成された魔人形。

破棄されそうになっていたところをカルシームに救われ以後カルシームと行動を共にしており、今はカルシームと一緒にフリオ家に居候している。


「あ、ありがとうございます」

チャルンに対し一礼を返すと、紅茶を口に運ぶエリー。

「……ふぅ……チャルンさんの紅茶は、いつも美味《おい》しいですわね」

「姫女王様にお褒めいただき恐悦至極でありんすえ」

エリーの言葉に、優雅に一礼を返すチャルン。

そんなチャルンの後方から、手に杖《つえ》を持っているカルシームが歩み寄ってきた。

——カルシーム。

魔王代行を務めていたこともある骨人間族《スケルトン》。

一度消滅したもののフリオのおかげで再生し、今はフリオ宅に居候している。

「ほっほっほ。チャルンちゃんの淹れてくれるお茶は格別ですからのぉ」

「まぁ、カルシーム様ったら、そんなにおだてられましても、お茶のおかわりくらいしか出ないでありんすえ」

エリーの時とは打って変わって、両手で頬を押さえながらチャルンは体をくねらせる。

その喜ぶ具合が、明らかに違っていた。

……いつまで経《た》ってもラブラブなカルシーム夫妻であった。

そんな二人の後方から、

「ぱーぱ！　まーま！」

二人の娘のラビッツが飛びついてきた。

——ラビッツ。

カルシームとチャルンの娘。

骨人間族《スケルトン》と魔人形の娘という非常に稀少な存在。

カルシームの頭上にのっかるのが大好きで、いつもニコニコしている。


兎《うさぎ》のように大きくジャンプしたラビッツは、空中で大きく手を広げてカルシームとチャルンの頭に飛びつく。

その両腕で、しっかりと二人の頭を抱きかかえたラビッツは、

「ぱーぱ！　まーま！　好き！　好き！」

満面に笑みを浮かべながら、二人に頬ずりをしていく。

「お、おぉ、ラビッツよ……気持ちは嬉しいのじゃが……」

「あ、あわわ……お、お茶がこぼれてしまうでありんすぅ」

ラビッツに抱きつかれてしまった二人は、あたふたしながらその場でワタワタするしかなかった。


「それで、エリーさんにもお伝えしておこうと思ったのが、魔獣の事なんですよ」

「魔獣の事……ですか？」

フリオの言葉に、首をひねるエリー。

「あの魔獣が、どうかなさったのですか？」

「あ、いえいえ、あの魔獣もなんですけど……」

そう言うと、フリオはリルナーザに向かって右手を振った。

「リルナーザ、みんなに姿を見せるように合図してくれるかい？」

「はい！　わかりました！」

フリオに向かって笑顔を返すと、リルナーザは大きく息を吸い込み、

「みんな〜！　出てきてくださ〜い！」

大きな声をあげた。

その声が森に向かって響くと、それに呼応するかのようにあちこちから魔獣達が姿を現す。

「こ、これは……」

その光景に、エリーは思わず目を丸くする。

そんなエリーの視線の先では、森や湖の中から姿を現した大小様々な魔獣達が、リルナーザの周囲に向かって集まっていた。

その、あまりの数に、エリーは思わず唾を飲み込む。

そんなエリーに、フリオは、

「この魔獣達なんですけど、僕達が保護しているんですよ」

そう言って、その顔にいつもの飄々とした笑みを浮かべる。

「保護……ですか？」

「えぇ、この魔獣達は、おそらく魔王軍で使役されていたみたいなんですけど、休戦協定が結ばれたことで、戦闘の必要がなくなり遺棄されたみたいなんですよ」

「え？」

フリオの言葉に、エリーは思わず目を丸くする。

「で、ですが……魔王軍との休戦協定では、使役していた魔獣達については、魔王軍・クライロード軍が互いに責任を持って管理すること、と……」

「えぇ、そうなのですが……魔王軍の使者の方からの知らせによりますと、魔王軍に従属している貴族達の一部が、用済みとばかりに遺棄しているらしいんですよね……それも、休戦の腹いせとばかりにクライロード魔法国領内へ……」

「……」

フリオの言葉に、しばし無言になるエリーだった。

◇数日前・姫女王の自室◇

魔族の件に関する相談を終えた第二王女は、顔をしかめながら言いにくそうに口を開いた。

「……あとさ、ちょっと困ってるのが、例の魔獣の件かなぁ……」

「魔獣の件というと、あの、魔王領との国境付近に、明らかに戦闘慣れした魔獣達が相当数出没しているっていう……」

「そうなんだよねぇ……これは憶測だけどさ……ひょっとしたら休戦協定のせいで不要になった魔獣を、嫌がらせを兼ねてクライロード魔法国領に遺棄しているんじゃないかって、思えなくもないっていうか……」

第二王女の言葉に、第三王女が顔を真っ赤にしながら両腕を振り回す。

「なんですのん！　それって、明らかに休戦協定違反ですのん！　即刻、魔王ドクソンに詰問状を送るべきで……」

「落ち着きなさい、第三王女……」

「で、でも……姫女王お姉様が苦労に苦労に苦労を重ねてようやく成立させた休戦協定ですのに……」

「だからですよ、第三王女」

姫女王は真剣な表情で、第三王女に言葉をかける。

その真剣な眼差《まなざ》しを前にして、第三王女は腕を振り上げたままの状態で口を閉じた。

「……いいですか、確固たる証拠がないまま魔王ドクソンに詰問状を送ったとします。ですが、もしこの魔獣騒ぎが休戦協定に納得していない魔族の貴族達の仕業だったとしたら……」

姫女王の言葉に、腕組みをしたままウンウンと頷く第二王女。

「そうだねぇ……証拠がないことを理由に『クライロード魔法国が難癖を付けてきた』とか大騒ぎして、魔族達を扇動でもしたら……」

「……あ」

そこまで聞き、ようやく対応の難しさを理解した第三王女は言葉を失った。

「……とにかく、この件に関してはもっと情報を集めてから対応を検討しましょう」

姫女王の言葉に、第二王女と第三王女は大きく頷いた。

◇◇◇

先日の、自室で行った第二王女・第三王女との会話を思い出しながら、エリーは表情を曇らせる。

（……もし、フリオ様の推測が本当であれば、早急に対応を検討しませんと……）

そんなエリーの思惑を察したのか、フリオはその顔にいつもの飄々とした笑顔を向けていく。

「……それでですね、そんな魔獣を発見したら、フリース雑貨店《ウチの店》のみんなに対応をお願いしているんです。調教《テイム》出来ない下級な魔獣達は討伐して素材を店で販売したり冒険者組合や商業組合に卸していまして、調教《テイム》可能な魔獣達はここで保護しているんですよ」

「ほ、保護……ですか？」

フリオの言葉に、エリーは目を丸くする。

その視線を、改めて魔獣達の方へ向けた。

視線の先には、リルナーザを中心にして、その周囲にたくさんの魔獣が集合しているのだが、

（……あ、あそこにいるのはタテガミタイガー……その後方にいるのはビッグノーシシ……冒険者組合でもSクラスにランクされている凶暴な魔獣が何匹もいますのに……）

先ほどリルナーザが優しく諭していた巨大な蛇の魔獣も含め、凶暴な魔獣達がリルナーザの側《そば》で大人しく控えているのである。

中には、リルナーザに頬ずりしたり、尻尾をフリフリしている魔獣までいた。

「この湖の周囲には、結界魔法を厳重に張り巡らせていますので、魔獣達が逃げ出すこともありませんし、この魔獣達を盗み出して悪事を働こうとする人が侵入することも出来なくしてありますので……許可してもらってもいいですかね？」

「そ、それはもう！　むしろ私どもの方からお願いしたいくらいです！」

満面に笑みを浮かべ、エリーは何度も頷いた。

そんなエリーの様子に、いつもの飄々とした笑みを浮かべ、

「そう言ってもらえてよかったです。では、今後も魔獣の対応を進めさせていただきますね」

そう言葉を続けた。

フリオとエリーの会話が一段落したのを察したガリルが、二人に向かって右手を上げる。

「父さんも、エリーさんも、話が終わったのなら朝ご飯にしましょうよ！　ちょうど串焼きも焼けましたし」

そう言うと、野菜と肉が交互に突き刺してある串を掲げた。

「わ～い、お肉！　お肉！」

湖の中を泳ぎ続けていたワインが、満面に笑みを浮かべながらガリルの元へ駆け寄っていく。

それに続いて、フォルミナやゴーロ、コウラ達もガリルの元へ次々に駆け寄った。

「じゃあ、よかったらエリーさんも」

「あ、はい。いただきますね」

フリオに促されたエリーは、

（……あ、朝からお肉は……少し重いのですが……）

そんな事を考え、苦笑しながらガリルの元に歩み寄る。

程なくして、湖の湖畔に楽しげな笑い声が響いていった。

◇数刻後・ホウタウの街ブロッサム農場◇

「ふぅ、もうこんな時間かぁ」

上空の陽光の位置を確認しながら、額の汗を拭うブロッサム。

――ブロッサム。

元クライロード城の騎士団所属の重騎士。

バリロッサの親友で、彼女とともに騎士団を辞めフリオ家に居候している。

実家が農家だったため農作業が得意で、フリオ家の一角で広大な農園を運営している。

「しっかし、農作業もずいぶん楽になったなぁ」

「そうでございますな」

ブロッサムの後方で作業していたマウンティが、収穫した野菜を背負っている籠の中に入れながら笑顔を向ける。

——マウンティ。

元魔王軍配下の兵士だったゴブリン。

今は、ブロッサム農園の使用人として連日農作業に精を出している。

妻を呼び寄せ、子供達も加えた一族みんなで農作業にあたっている。


「ここで農場をはじめたばかりの頃ってさ、アタシとサベアと、マウンティとホクホクトンしかいなかったのにさ。今じゃあ、マウンティの家族に加えて、ウーラの村のみんなまで作業に加わってくれているんだもんな」

「はっはっは。ブロッサム殿が望まれるのであれば、ワシの家族を更に増やして対応する準備は出来ておりますがな」

マウンティが豪快に笑うと、たくさんのゴブリン達が野菜の合間から次々に顔を出していく。

ブロッサムは、その顔を見回しながら、

（……あれ？……この間までは三十人くらいだったはずだけど……どう見ても六十人はいるような……いや、そこを突っ込むのはやめておこうか……）

苦笑しながらそんな事を考えていた。

……相変わらず、ラブラブすぎるマウンティ一家だった。

「ワシらも、ブロッサム殿の役に立てておるのじゃったら、嬉しいわい」

そこに、鬼族のウーラが楽しそうに笑いながら歩み寄ってきた。

――ウーラ。

鬼族の村の村長であり、コウラの父。

妖精族の妻が亡くなって以後、男手ひとつでコウラを育てながら、はぐれ魔族達の面倒をみている。

義理人情に厚く、腕力自慢で魔王ゴウル時代に四天王に推薦されたこともある。

人族の姿をしてはいるものの、その巨体は鬼族の際と遜色がなく、背負っている籠が小さく見えるほどであった。

「ウーラさん、お疲れっす。いやぁ、鬼の村の皆さんってば、本当によく働いてくれますから、ホント、助かってますよ」

ブロッサムが笑顔でそう言うと、ウーラの後方の畑から、魔族の者達が顔を出し、思い思いに笑みを浮かべていく。

そんな一同に、ブロッサムは、

「ホント、みんなありがとな～」

ニカッと笑いながら右手を振る。

そんな一同の元に、コウラが駆け寄ってきた。

トトトと駆け寄ると、ウーラの足にピタッと抱きついていく。

「おぉ、コウラ。どうじゃ？　湖は楽しかったか？」

湖で泳いだのか、湿っているコウラの髪の毛を、笑顔で撫《な》でるウーラ。

乱雑に髪の毛を撫でられながらも、コウラはその顔に笑みを浮かべていた。

そんな二人の様子を、ブロッサムは笑顔で見つめている。

「コウラちゃん、向こうで朝ご飯は食べてきたんだよね？　じゃあ、こっちの朝ご飯はなくても……」

ブロッサムがそこまで言うと、今度はブロッサムにピタッと抱きついていく。

ブロッサムの顔を見上げながら、コウラは激しく顔を左右に振った。

「駄目なの……ご飯、食べるの」

「でも、向こうで串焼きとか出たんじゃなかったのかい？　食べられなかったの？」

「ん～ん……・・・のご飯は別腹だから……」

「あはは、わかったわかった。じゃあ、そろそろみんな朝ご飯にするか。コウラもしっかり食べるんだぜ」

ブロッサムはニカッと笑いながらコウラの頭をガシガシと撫でた。

（しかし、コウラちゃんって、アタシの事を口にする時に、極端に声が小さくなるんだよな……アタシの事をなんて呼んでるんだろう……ま、そのうち聞いてみるか）

ブロッサムはのんびりそんな事を考える。

コウラはそんなブロッサムに頭を撫でられ、頬を赤くしながら嬉しそうに微笑み続けていた。

そんな一同の様子を、ホクホクトンは少し離れた場所から見つめていた。

——ホクホクトン。

元魔王軍配下の兵士だったゴブリン。

今は、ブロッサム農園の使用人として連日農作業に精を出している。

神界を追放された駄女神様ことテルビレスに勝手に居候されて……

「よきかなよきかな。ああいう光景を見ると、拙者も胸が熱くなるでござるよ」

そんな言葉を口にしながら、ホクホクトンは笑顔で頷く。

しばらく、その光景を笑顔で見つめ続けていたホクホクトンなのだが、

「……それに比べて……」

大きなため息をつきながら、後方へ視線を向ける。

その視線の先には、大きな麦わら帽子を被っているテルビレスの姿があった。

——テルビレス。

元神界の女神。女神の仕事をさぼっていたため神界を追放されている。

今は、ホクホクトンの家に勝手に居候し、ブロッサム農園の手伝いをしているのだが、酒好きと生粋の怠け者気質のせいで日々ホクホクトンに怒鳴られる日々を送っている……


青々と茂っている野菜の側で腰を下ろしているテルビレス。

「……どうやら、今日はしっかり作業しているみたいでござるが……」

その後ろ姿を見つめながら、自分の作業に戻ろうとしたホクホクトン。

しかし……

「……うん？」

テルビレスの後ろ姿に違和感を感じたホクホクトンは、首をひねりながらテルビレスの側に移動する。

その視線の先に座っているテルビレスは、一見すると黙々と雑草をむしっているように見えなくもない。

しかし、ホクホクトンは、その後ろ姿に違和感を感じ続けていた。

「……テルビレスよ、作業は進んで……」

そう言いながら、ホクホクトンは麦わら帽子を持ち上げる。

その下には……魔法で作られた土人形が座っていた。

「あんの駄女神ぃ！　まぁた拙者の目を盗んでさぼっているでござるなぁ！」

怒声をあげながら、土人形の頭を蹴飛ばす。

ホクホクトンの怒声が農場の中に響き渡っていった。

◇同時刻・鬼の村の山の麓◇

「……あらぁ？　誰か私の事を呼んだかしらぁ？」

テルビレスは首をひねりながら後方へ視線を向けた。

しばらく耳を澄ましていたテルビレスだが、

「……ん〜、気のせいかなぁ」

納得したように頷くと、大きな袋を抱えたまま、山の麓の一角にある洞窟の中に入っていく。

鼻歌を奏でながら洞窟の奥に入っていくと、その先は大きな空間になっており、そこに大きな樽《たる》が複数置かれていた。

魔法で障壁が展開されているらしく、樽の周囲は滅菌処理が行われている。

「ふんふんふ〜ん。この世界のお酒の造り方を参考にして作ったこの工房だけど、すごくいい感じねぇ。うふふ」

にへらぁ、とその口元を歪《ゆが》めながら、手に持っている袋に頬ずりする。

「美味しいお酒を買って飲むのもいいけど、アタシ好みのお酒を自ら造るのも悪くないわよねぇ……働くのは嫌いだけどぉ、こういう労働ならむしろばっちこいだわ」

ウフ、ウフフと気色の悪い笑みを続けながら、袋を洞窟の奥へと運び込んでいく。

右手の人差し指を一振りすると、空中に書物のページが何ページか浮かび上がった。

その内容に、ふんふんと頷きながら目を通していく。

「このラーイスの実を、殺菌した樽に入れてぇ、そこにコーウジを加えて……」

書物の内容に沿って、テルビレスは作業を進めていく。

洞窟の外では、テルビレスを探すホクホクトンの声が響いていたのだが、作業に没頭しているテルビレスの耳に、その声は届いていなかった。

◇魔王城・玉座の間◇

この日、魔王ドクソンはいつものように玉座の前に腰を下ろしていた。


――ドクソン。

元魔王ゴウルの弟であり、現魔王。

かつてはユイガードと名乗り唯我独尊な態度をとっていたが、改名し名君の道を歩みはじめている。


そんな魔王ドクソンの隣に立っている、側近のフフンは、右手の人差し指で伊達《だて》眼鏡をクイッと押し上げた。

――フフン。

ドクソンに即位前から付き従っている側近のサキュバス。

一見知性派だが、かなりのうっかりさんであり、真性のドM。


「……魔王ドクソン様、そろそろ玉座にお座りになって政務を執り行われてもよろしいのではありませんか？　クライロード魔法国との休戦協定を結ばれて以降、稀少魔族の保護政策、敵対魔族との対話策などを積極的に行われたおかげで、魔族の勢力を魔王ゴウル様の時代に近づけることが出来ておりますし……」

フフンの言葉に、大きなため息を吐き出すと魔王ドクソンは、

「俺ぁ、まだまだ玉座にふさわしい魔王じゃねぇ。今の俺にはここがちょうどいいんだ」

そう言うと、自らが座っている床を右手でポンポンと叩いた。

それを確認すると、フフンもまた小さくため息をついた。

「……わかりました。魔王ドクソン様がそうおっしゃられるのでしたら、今回は私が引かせていただきます」

「あぁ、気を使わせてすまねぇな」

魔王ドクソンはバツの悪そうな表情をその顔に浮かべながら頬を左手で掻《か》く。

そんな魔王ドクソンを前にして、フフンは右手の人差し指で再び伊達眼鏡をクイッと押し上げた。

（以前の魔王ドクソン様でしたら『うるせぇ！　俺のやることにいちいち文句をつけるんじゃねぇよ！』という罵声と同時に右アッパーが飛んで来ていましたのに……魔王ドクソン様、本当に変わ

られましたね……とはいえ……個人的には右アッパーでぶん殴られるのも悪くないと申しますか……）

そんな事を考えながら、無意識のうちに頬を上気させ息を荒らげていくフフン。

……魔王ドクソンにぶん殴られることに快感を覚えるドMのフフンであった。

「……おい、どうかしたのか」

「……は!? あ、いえいえ、ちょっと考え事をしておりました」

魔王ドクソンの言葉に、慌てて口の端からこぼれおちていた涎《よだれ》を拭い、フフンは平静を装おうとする。

「た、大変失礼いたしました。それで……今日のご報告なのですが、まず以前から問題になっておりました下級魔族達の件ですが……」

「あれか、傭兵仕事がなくなったせいで、不満を持っているヤツらがいるっていう」

「はい、その者達の対応としまして、魔王ドクソン様が害獣指定されている魔獣達の討伐に賞金をかけられたり、各地の土木工事の賃金を割増しして、受け皿になさろうと対応に苦慮されているのですが……それでも、一部の者達が人族の国に傭兵として雇われているとの情報を得ております」

「人族の国の傭兵って……何を考えてやがんだ、あいつら……魔素の問題もあるだろうに……」

「そのあたりに関しましては、裏で斡旋《あっせん》している組織があるらしいとの情報も入っており、そちらの調査も続けております」

フフンの報告に、魔王ドクソンは大きなため息をついた。

「……まぁ、あれだ……魔王になる前の俺も、当時の魔王だった兄貴のやり方に不満を持っていて、意図的に命令違反を承知で人族の国に喧嘩《けんか》を売ってはいたが……」

（……そうか、あの時の兄貴はこんな気持ちだったのか）

実の兄であり、今はフリオ家で暮らしている元魔王ゴウルことゴザルの顔を思い出しながら、右手を額に当てる。

「とにかく、休戦協定を結んでいる以上、放ってはおけねぇな……調査の方はどうなってる？」

「はい、四天王ザンジバル様を中心に捜索にあたっていただいておりますが、どうやら仲介を行う組織があるらしく、その者達が下級魔族達を人族の国に斡旋している模様でございまして……」

「ふむ……とりあえず、あれだ。詳細はザンジバルが戻ってから改めて聞くとして、まずはクライロードの姫女王にも情報を共有しておけ」

「我々の落ち度ととらえられかねませんが、よろしいのですか？」

「あたりめぇだ。戦時中ならともかく、今は友好的休戦協定の最中じゃねぇか。知らせておくのは当然じゃねぇか？」

「……了解しました。では、早速手配しておきます。それともう一点、休戦協定のために不要となった魔獣を遺棄している者達がいるとの報告が上がってきておりまして。しかも、一部の貴族達は意図的にクライロード魔法国領に魔獣達を遺棄しているらしく……」

「傭兵の次は魔獣か……ったく、本当に次から次へと問題が湧いてきやがるな……」

ふぅ、と大きなため息を漏らし、考えを巡らせる。

かつてユイガードと名乗り、魔王に就任したばかりの頃、今と同じように次から次へと問題が発生し続けることに嫌気がさした魔王ドクソンは、魔王の座を放棄して逃げ出したことがあった。

しかし、今の魔王ドクソンは、問題を解決するために考えを巡らせ続けていたのである。

そんな魔王ドクソンの様子を、どこか頼もしそうな表情で見つめているフフン。

不意に、右手の人差し指で伊達眼鏡をクイッと押し上げると、魔王ドクソンの前に一歩踏み出した。

「……魔王ドクソン様、僭越《せんえつ》ながら私の意見を申し上げてもよろしいでしょうか?」

「あン? なんかいい案でもあるのか、フフンよ」

「僭越ながら、こういう施策はいかがなものかと……」

そう言うと、フフンは一枚の羊皮紙を魔王ドクソンに差し出した。

魔王ドクソンはそれを受け取り、内容に目を通していく。

「……なるほど、これぁ面白えじゃねぇか。早速とりかかってくれ」

「は、わかりました」

魔王ドクソンの言葉に頷くと、フフンは玉座の間を後にした。

(……魔王ドクソン様……以前とは比べものにならないほど思慮深く、短慮に走り途中で投げ出すことなく、常に納得いくまで熟考なさり、そして我ら下々の者の意見についても、良い物は良いと、採用くださる度量までお持ちになられて……本当に素晴らしいですわ)

その顔には、満足そうな表情が浮かんでいた……の、だが……

フフンはその口元を不満そうに突き出す。

（以前のように、自分の思い通りにならないと、即座に私の事をぶん殴ってくださっていた頃のドクソン様も、それはそれは素敵でございましたのに……）

かつて、魔王ドクソンに何度もぶん殴られ、吹き飛んだことを思い出しながら、頬を上気させ、息を荒らげ、口の端から涎の筋を流すフフン。

……隠しきれないドMなフフンであった。

◇とある街のとある建物の一室◇

表通りから二本裏道へ入った薄暗い街道。

その街道の一角に立っている建物の二階にある一室の中、一人の男が豪奢《ごうしゃ》な椅子にどっかと腰掛けた状態で、右足でカタカタと貧乏揺すりを繰り返していた。

「……で、魔族の傭兵の件はどうなっておる？」

そう言うと、右手に持っていた葉巻をくわえる。

恰幅《かっぷく》のいいその男の前、室内の影の中から二人の女が姿を現した。

一人は金色の、もう一人は銀色の、深いスリットの入っているチャイナドレスに身を包んでいる二人の女は、男の前で腕組みをしたまま大きなため息を漏らした。

「闇王様、ちょっと雲行きが怪しくなってきているコンねぇ……」

「金角狐《きんつのぎつね》よ、どういうことだ？」

――闇王。

元クライロード魔法国の国王であり姫女王の父。

悪事がばれ、国を追放された後、王在位時から裏で行っていた闇商売に活路を見出《みいだ》し闇王を名乗っている。


――金角狐《きんつの》。

元魔王軍の有力魔族であった魔狐族の当主姉妹の姉で金色を好む。

魔狐族崩壊後、闇商売で協力関係にあった闇王と手を組み行動を共にしている。


金角狐《きんつの》は闇王の言葉に、額に手を当てながら再び大きなため息をついた。

「魔王軍と人族との間に休戦協定が結ばれたことによって、傭兵仕事を失った下級魔族達を、休戦協定に不満を持っている人族のヤツらに斡旋しようとしていたコンけど……」

「魔王軍との戦争で儲《もう》けておったヤツらのリストは渡したであろう？　彼奴《あやつ》らが、休戦協定を忌々しく思っておるのは間違いない。そこに魔族の傭兵を斡旋してやれば、自分達の手を汚すことなくクライロード魔法国内で騒動を起こすことが出来るというのに……」

「それが……魔素の問題がクリア出来そうになくなったコン」

闇王の言葉に、大きなため息をつく金角狐《きんつの》。

「魔素じゃと？　あれなら、ほれ、魔素を無効化出来る魔石が出回るはず。それを裏で手を回して買い集める算段であったであろう？」

「それが……その魔石がどうやらクライロード魔法国の専売になることになったらしいコン」

「な、なんじゃと!?」

金角狐《きんつの》の言葉に、闇王は目を丸くする。

「うぬう……専売となると、クライロード魔法国に購入者の登録をする必要が出てくるではないか……そうなると、ワシら闇商会とつながりのある商会が排除されるのは確実……」

「他の商会も、今のクライロード魔法国に目を付けられるのは嫌がるコン。魔王軍との間に休戦協定が結ばれている以上、その中心であるクライロード魔法国に目を付けられるのは、どの商会も嫌がるコン」

「うぬう……その魔石を手に出来ぬとなると、下級魔族達を斡旋出来ぬではないか……あの者達が下手に密集しておると、すぐに魔素だまりが出来てしまい、クライロード魔法国の索敵魔法に引っかかってしまうのは必然……」

闇王は忌々しそうに舌打ちしながら、貧乏揺すりを加速させていく。

「それに、魔王ドクソンが傭兵仕事を失った下級魔族達のために土木工事などを斡旋しているコン。元々暴れられればそれでいい下級魔族達だけあって、素直にそれに応じてはいないコンけど、休戦協定が長引くにつれて、仕方なく従事するヤツらが増えはじめているみたいコン」

「とりあえず、いつでも暴れることが出来るように、集めてはいるココン」

金角狐《きんつの》に続いて銀角狐《ぎんつの》が口を開いた。

――銀角狐《ぎんつの》。

元魔王軍の有力魔族であった魔狐族の当主姉妹の妹で銀色を好む。

魔狐族崩壊後、闇商売で協力関係にあった闇王と手を組み行動を共にしている。

「……そうだな。暴れることしか能のない下級魔族達《やっら》だしな。真面目にコツコツ働くことなど、出来るはずがねぇ」

闇王は、葉巻を咥《くわ》えると大きく煙を吐き出した。

「それと、魔族の貴族達が不要になった魔獣の扱いに困ってるって話じゃねぇか。そいつらから魔獣を仕入れてだな、下級魔族達とセットにして人族達に売りつけるってのも、いいんじゃないか？」

「あら！　それは名案コンね」

「でも、仕入れるためのお金はどうするココン？」

銀角狐《ぎんつの》の言葉に、カタカタ動き続けていた闇王の足が止まった。

「……それは……あれだ……金庫番のジャンデレナに相談してこい」

「え～……あの、根暗女ですコン？」

「あの女、苦手ココン。資金のお願いをするとすぐにでっかいソロバンを持ち出して『金がない』『金がない』って文句しか言わないココン」

「しかも、あの女の妹のヤンデレナが、妙なテンションで割り込んできて歌って踊るから鬱陶しいコン……」

「ここはひとつ、闇王様のポケットマネーから……ってわけには……ココン？」

にっこり微笑みながら、闇王に向かって両手を差し出す金角狐《きんつの》と銀角狐《ぎんつの》。

そんな二人を見つめながら、闇王は忌々しそうに舌打ちをした。

（……ったく……俺のポケットマネーだって、元をたどればジャンデレナから支給されているんだぞ……お前ら同様、俺だってあの女と話をするのは苦手なんだ……）

◇ホウタウの街・フリオ宅◇

この夜、フリオの家ではいつものように一階のリビングで夕食を終えたところだった。

「さぁ、子供達。一緒にお風呂に入るか？」

リース達と一緒に片づけを終えたバリロッサは、リビングの奥にあるサベアの小屋で遊んでいるフリオ家の子供達に声をかけた。

——バリロッサ。

元クライロード城の騎士団所属の騎士。

今は騎士団を辞め、フリオ家に居候しながらフリース雑貨店で働いている。

ゴザルの二人の妻の一人で、ゴーロの母。

バリロッサの言葉に、サベアの小屋で遊んでいたフォルミナが、

「うん、わかった！　バリロッサママ」

ゴザルの娘で母親がウリミナスであるフォルミナだが、もう一人の母親であるバリロッサの事も大好きなフォルミナは、笑顔でバリロッサの元に駆け寄っていく。

「……フォルミナお姉ちゃんが入るのなら、僕も」

その後ろを、ゴザルとバリロッサの息子であるゴーロが、テテテと追いかけていく。

椅子に座ってお茶を飲んでいたリスレイは、そんな二人へ視線を向けると、

「それじゃ、アタシも一緒に入ろっかな」

そう言うと、席を立った。

すると、その向かいに座っていたスレイプが、リスレイに満面の笑みを向けた。

「どうじゃリスレイ。久しぶりにワシと一緒に風呂に入るか？」


――スレイプ。

元魔王軍四天王の一人。

魔王軍を辞し、フリオ家に居候しながら馬系魔獣達の世話などを行っている。

内縁の妻に迎えたビレリーと一人娘のリスレイを溺愛している。

「ぶ、ぶわぁっかじゃないの！　なんでパパと一緒にお風呂に入らなきゃいけないのよ！　そもそも、アタシは女風呂に入るんだから、パパは大人しく男風呂に入ってよね！」

顔を真っ赤にしながらそう言うと、肩を怒らせながらリビングの奥にあるお風呂に早足で向かっていった。

「……ついこの間まで一緒に入っておったではないか、リスレイ……」

その後ろ姿を、スレイプは寂しそうな表情で見つめていた。

その姿に、かつて魔王軍四天王の一人としてクライロード軍を恐怖のどん底に突き落とした面影はみじんもなかった。

そんなスレイプの後方に、妻であるビレリーが歩み寄る。

――ビレリー。

元クライロード城の騎士団所属の弓士。

今は騎士団を辞め、フリオ家に居候し馬の扱いが上手い特技を生かし、馬系魔獣達の世話をしながら、スレイプの内縁の妻・リスレイの母として日々笑顔で暮らしている。

「もう、スレイプ様ったらぁ。リスレイももうお年頃なんですからぁ、もう少し発言に気を付けてくださいねぇ」

「うむ……わかっておる、わかってはおるのだが……」

ビレリーに肩を撫でられながら、しゅんとしているスレイプ。

そんな二人の様子を、ベラノは少し離れた席に座って見つめていた。


——ベラノ。

元クライロード城の騎士団所属の魔法使い。

小柄で人見知り。防御魔法しか使用出来ない。

今は騎士団を辞め、フリオ家に居候しながらホウタウ魔法学校の教師をしている。

ミニリオと結婚し、ベラリオを産んだ。


（……いつも仲良し……フリオ様とリース様も、スレイプ様とビレリーも……）

そんな事を考えながら、大きめのカップを両手で抱えている。

すると、そんなベラノの右にミニリオが、左にベラリオが座った。


——ミニリオ。

フリオが試験的に産み出した魔人形。

フリオを子供にしたような容姿をしているためミニリオと名付けられ魔法学校でベラノの補佐をしている。

ベラノのお手伝いをしているうちに仲良くなり、今はベラノの夫でベラリオの父。

——ベラリオ。

ミニリオとベラノの子供。

魔人形と人族の子供という非常に稀少な存在。

容姿はミニリオ同様フリオを幼くした感じになっている。

中性的な出で立ちのため性別が不明。


「……え？　ふ、二人とも……どうしたの」

ベラノがびっくりした表情を浮かべる。

そんなベラノを、ミニリオとベラリオが左右から抱きしめる。

それは、まるで『僕達も仲良しだよ』と言っているかのようだった。

（……は、はわわわわ!?）

その、いきなりの出来事に、顔を真っ赤にしながら固まってしまうベラノ。

そんなベラノの事などお構いなしとばかりに、ミニリオとベラリオはベラノを抱きしめ続けていた。

そんなベラノ一家の様子に、サベアの小屋に敷き藁《わら》を運び込んでいたブロッサムが、

「おいおい、ベラノ達ってば、見せつけてくれるねぇ」

ニカッと笑みを浮かべながら、冷やかす。

そんなブロッサムに言葉を返そうとするベラノだが、左右からしっかりと抱きしめられているため、口をパクパクさせることしか出来ずにいた。

「そんじゃ、アタシは一人寂しくお風呂に入ってくるとするか」

敷き藁を小屋に入れ終えると、笑みを浮かべながら風呂の方へ向かって歩き出した。

ぴと、っとその足に何かが抱きついた。

「んあ？」

自らの足元に視線を向けるブロッサム。

その視線の先にはコウラの姿があった。

先ほどまで、みんなと一緒にサベア一家と遊んでいたコウラだが、ブロッサムがお風呂に行くのに気がつくと、即座にその足に抱きついていたのである。

「あ〜、そっか、今日もウーラの旦那ってば、魔族達の事で出かけてるんだっけ。んじゃ、一緒に風呂に入るかい？」

コウラの頭を撫でながら、ニカッと笑みを浮かべるブロッサム。

その言葉に、コウラはコクコクと頷く。

気がつくと、リビングに残っていた大人組の大半が子供達と一緒にお風呂へ向かい、姿を消していた。

その光景を、フリオは椅子に座ったまま見送っていた。

その顔には、いつもの飄々とした笑みが浮かんでいた。

「旦那様、お待たせしました」

そこに、片づけを終えたリースが笑顔で駆け寄ってきた。

「旦那様、何か良いことでもありましたか？　なんだか楽しそうですわ」

「あぁ……うん」

リースの言葉で、自らが微笑んでいることに気がついたフリオは、少し照れくさそうに鼻の頭を右手の人差し指でかいた。

「僕がこの世界に来てからしばらく経つけど、みんなのおかげで本当に幸せだなって、思ってさ……この世界につれてこられた時はどうなるかと思ったけど……これもすべて君に出会えたおかげなのかもね……」

「旦那様……」

フリオの言葉を聞いたリースは、嬉しそうにフリオの腕に抱きつき頬を寄せていく。

その後ろでは牙狼族の尻尾が具現化しており、尻尾が嬉しそうに左右に揺れていた。

二人がそんな会話を交わしながら体を寄せ合っている中……

（……え、えっと……わ、私はどうしたらいいのでしょうか……）

小屋の中、狂乱熊姿《サイコベア》のサベアのお腹の上で横になっていたリルナーザは、顔を赤くしながら、とりあえず両手で両目を覆っていた。

その周囲では、サベア一家の皆も、リルナーザの真似《まね》をするように両前足で両目を覆っていたのだった。

第二章 魔王山の魔獣レース場……8

◇ホウタウの街・フリオ宅◇

「……う～ん」

むにゃむにゃと口を動かしながら、目をこすっているリルナーザ。

そんなリルナーザの顔の周囲には、フリオ家のペットであるサベアとシベアの子供である、スベア・セベア・ソベアの三匹が寄り添うようにして眠っていたのだが、リルナーザが目を覚ましたのに気がつくと、三匹とも一斉に目を覚まし、

「ふんす！」

「もふ！」

「ふんす！」

三匹同時に、リルナーザに体をすり寄せた。

「あはは、みんなおはようございます」

リルナーザはそんな三匹に笑顔を向け、抱きしめる。

「あら、リルナーザってば、またそこで寝ちゃったの？」

そんなリルナーザに気付いたエリナーザが声をかけた。

「あ、エリナーザお姉ちゃんおはようございます」

リルナーザが満面の笑みをエリナーザに向ける。

「おはようございます、はいいんだけど……」

そんなリルナーザへ視線を向けながら、エリナーザはその顔に苦笑を浮かべていた。

「もう、リルナーザってば、またサベア達《たち》の小屋で一緒に寝ちゃったのね」

エリナーザの言葉通り、リルナーザが起きた場所はサベア一家の小屋の中だった。

フリオ家の一階、リビングの端にある大きな小屋。それがサベア一家の住まいなのだが、サベア達と仲良しなリルナーザは、自室があるにもかかわらず、毎晩のようにサベア達の小屋の中へ入り込み、みんなと一緒に寝ていたのであった。

「えへへ、夜、おトイレに行ったあと、ついつい来ちゃいました」

スベア・セベア・ソベアの三匹を抱きかかえたまま、にっこり笑みを浮かべるリルナーザ。

そんなリルナーザに、

「ふんす！」

「もふ！」

「ふんす！」

三匹は再び嬉《うれ》しそうな鳴き声をあげながら、リルナーザに体をすり寄せていく。

その、嬉しそうな様子を見つめながら、エリナーザは思わず苦笑する。

「まぁ、いつもの事だし、スベア達も喜んでいるから怒らないけど、朝ご飯までには顔を洗ってきなさいね。今日はみんなでお出かけなんだから急いでね」

「はい！　わかりました」

エリナーザの言葉に元気な声を返す。

そんなリルナーザの声に呼応するように、

「ふんす！」

「もふ！」

「ふんす！」

スベア・セベア・ソベアの三匹も、嬉しそうな鳴き声をあげながら、思い思いに前足を上げていた。

フリオの二女であるリルナーザは、生まれつき魔獣達に好かれる体質をしていた。

そのためサベア一家はもちろんのこと、スレイプとビレリー夫妻が飼育している魔馬達とも仲良しになっており、暇さえあれば、魔獣達と一緒に過ごしていたのであった。

◇◇◇

この日。

フリオ家の前には一隻の魔導船が停泊していた。

各地を定時に周回している定期魔導船より二回りは小さいその魔導船は、フリオ家のすぐ前の空中に浮かんだ状態で静止していた。

そんな魔導船の操舵室《そうだしつ》の中に、フリオの姿があった。

「小型魔導船を使うのも久々だけど、問題はなさそうだね」

フリオは舵《かじ》の周囲に設置されているパネルの数値を確認しながら満足そうに頷《うなず》く。

そんなフリオの後方に、ゴザルが歩み寄ってくる。

「ふむ……いつ乗船してもこの魔導船は素晴らしいな。私が魔王だった頃、どうにかして再現出来ないか研究したことがあるのだが……」

ゴザルが周囲を見回しながら感嘆の声をあげる。

そんなゴザルの後方に付き従っているウリミナスも、同じように操舵室の中を見回している。

「ウニャ……あの時は、外観まではどうにか作成することが出来たニャけど、魔石のパワーの伝導率がさっぱりで、空中を飛行することが出来ニャかったニャ……」

「それに、魔導船の動力になりうるほど巨大なパワーを持った魔石を生成することも出来なかったしな」

その時だった。

ド～ン……と森の中から大音響が響いて来た。

「ん？……なんだろう？」

操舵室から、音の方へ視線を向けるフリオ。

その音は、フリオ邸から少し離れた場所にある湖のあたりから聞こえてきた。

操舵室内にある、魔導船の周囲を映し出しているウインドウの一つを拡大し、湖のあたりの様子を拡大していく。

すると、そのウインドウの中、森のあたりを龍人《ドラゴニュート》化したワインが上空から森の中に向かって急降下している姿が映し出されていた。

「ふむ？　ワインは何をやっているのだ？」

「……どうやら、湖に侵入者がいたみたいですね。それを追い払っているんじゃないかと……」

◇その頃・湖のあたり◇

「こんのぉ！　不審者！　不審者ぁ！」

全身に鱗《うろこ》を具現化させているワインは、背の羽根で空中に飛び上がると、そのまま森の中に向かって急降下していく。

次の瞬間、ワインは爆音とともに地面に巨大な穴を出現させていく。

「ひ、ひぃぃ!?」

「なんですの!?　なんですの!?　なんですのぉ!?」

ワインの一撃を間一髪でかわした女二人は、出来上がったばかりの穴を見ながら、ワナワナと体を震わせていた。

「魔獣捕縛失敗！　て、撤退するわよ」

「撤退！　撤退!!　撤退ぃ！！！」

ゴスロリ風の衣装に身を包んでいる二人の女は、必死の形相で森の中を疾走する。

「逃がさないの！　逃がさないの!!」

穴の中から飛び出してきたワインは、その後を追いかけていく！

「ひ、ひぃぃぃぃ！」

「お助け！　お助け!!　お助け～！！！」

必死の形相で、森の中を駆けていく二人の女。

「逃がさないの！　逃がさないの!!」

その後を、穴から飛び出してきたワインが追いかけていく。

「ワインお嬢様、助太刀いたします」

そこに、フリオ宅の方角からタニアが駆けつけてくる。

背に神界の使徒の羽根を具現化させ、モップを手にしているタニアは、低空を高速で飛行しながら不審者の女達に接近していく。

「あ、新手ぇ!?　も、もう無理ぃ」

「逃げろ！　逃げろ!!　逃げろぉ！！！」

タニアの出現に、更に表情を歪《ゆが》める不審者の女達。

それでも、一閃《いっせん》されたモップを間一髪で交わすと、森の木々の中に身を隠すようにしながら逃走を図る。

「逃がさないの！　逃がさないの!!」

「このタニア、不審者は許しません！」

その後方を、上空からワインが、低空からタニアが連携しながら追いかけた。

◇◇◇

魔導船の中。

ウインドウの中に、ワインとタニアが猛追していく姿が映し出されていた。

「ワインって、あの湖のあたりが気に入っているみたいで、よくいるんですけど……どうやら、不審者を見つけて追いかけてくれてるみたいですね」

「ふむ……タニアも、それに続いたというわけか……家で掃除をしていたのに、湖の異変に気がついて駆けつけるとは、さすがは元神界の使徒というべきか」

フリオと一緒にウインドウを見ていたゴザルが感心した声をあげる。

そんなフリオの後方に、

「パパ！　みんな乗りました！」

笑顔のリルナーザが近寄っていく。

リルナーザは狂乱熊姿《サイコベア》のサベアに乗っており、正確にはサベアがフリオの元へ歩み寄っていた。

「父さん、倉庫の確認も終わりました」

そこに、操舵室の下にある倉庫の様子を確認に行っていたガリルが笑顔で戻ってくる。

さらにその後方から、リースが駆け寄る。

「旦那様、道中のおやつや飲み物、それにお昼の準備も抜かりありませんわ！」

リースは背中に自分の身長の三倍はありそうなリュックサックを軽々と背負っていた。

満面に笑みを浮かべながら、フリオの隣に歩み寄り、さりげなく体をすり寄せていく。

そんなリースの様子に、

「まったく……食べ物くらい、向こうで調達すればよかったんじゃニャいか？」

思わず苦笑するウリミナス。

「あら？　せっかくみんなでお出かけするんですもの。食事の用意をするのは、この一家の長である旦那様の妻として当然の事じゃない」

リースはそんなウリミナスの前でドヤ顔をしながら胸を張る。

「はっはっは。確かにリースの作る飯は美味《うま》いからな。生肉丸かじりが当たり前だった魔王軍時代が嘘《うそ》のようだ」

そんなリースの言葉に、ゴザルが豪快な笑い声をあげる。

「ちょ!?　ご、ゴザル！　そんな昔の事を持ち出すんじゃないですわ！」

瞬時に両手を牙狼《がろう》化させ、ゴザルに向かって臨戦態勢を取るリース。

そんなリースとゴザルの様子に、フリオは思わず苦笑した。

「それじゃあ出発するから、みんな気を付けてね」

フリオはそう言うと、舵を前に倒していく。

それに呼応して、魔導船がゆっくりと上昇しはじめた。

「うわぁ！　すごいすごい！」

その光景を窓から見ていたリルナーザが興奮した声をあげる。

その声に興味を持ったのか、コウラもリルナーザの側《そば》に駆け寄った。

「ほら、コウラちゃんも見てご覧！」

「……ふわぁ……！」

リルナーザに促されて、窓の外へ視線を向けたコウラは、頬を上気させながらリルナーザ同様に興奮した声をあげる。

「ふふふ、二人とも楽しそうね」

そんな二人の様子に、リースは自らも楽しそうな声をあげた。

「じゃあ、このまま一気に魔王山ぷりんぷりんパークへ行くね」

舵を切るフリオ。

その動きに呼応して、魔導船は北の方角へ向きを変え上昇しながら進んでいった。

◇魔族領・魔王山ぷりんぷりんパーク◇

魔族領の中央付近に、魔王城が存在している。

その魔王城の近くに、魔王山と呼ばれる大きな山があり、その山の全域を使用して魔王山ぷりんぷりんパークが建設されている。

この魔王山ぷりんぷりんパークは、魔族達の遊興・家族サービスの場として建設されていた。

そんな魔王山ぷりんぷりんパークの近く、魔王山の麓に一人の女が立っていた。

「あぁ、ペギーペギー様、ここにおられたですですかぁ」

その女――ペギーペギーの元に、一人の女が駆け寄ってきた。


――ペギーペギー。

魔王山ぷりんぷりんパークの管理人を務めている雨女族。

常に冷静沈着でどんな時も表情を変えないクールビューティ。


薄いピンク色の看護婦風の衣装に身を包んでいるその女～コケシュッティは、いつものように両手で巨大な注射器を抱えていた。


――コケシュッティ。

幼女型狂科学者《ロリータタイプマッドサイエンティスト》にして現魔王軍四天王の一人。

ピンクのナース服を身につけ、自分の体と同じくらい巨大な注射器を常に所持している。

回復系魔術に特化しており、魔族の治療・回復施設の責任者を務めている。


「あら？　どなたかと思いましたら、コケシュッティ様ではありませんか。本日はお日柄もよく」

少し場違いな挨拶を口にしながら深々と頭を下げるペギーペギー。

「あ、はい。こちらこそ、いつも大変おせわになっておりますすぅ」

ペギーペギーに合わせて、コケシュッティも深々と頭を下げる。

挨拶を終えると、二人して目の前へ視線を向けた。

「どうですです？　魔獣レース場の方はぁ？」

「そうですね。魔王ドクソン様の命令通りの施設が出来たと自負しております」

コケシュッティの言葉を受けて、ペギーペギーは満足そうな表情を浮かべながら小さく頷く。

その前方には、楕円《だえんけい》形のコロシアム型をした巨大な施設が出来上がっていた。

「本当にお手数おかけしました。本来でしたら、魔王ドクソン様直々にご来場くださり、お礼を述べたいと申されていたのですが、今日はどうしてもはずせない行事がございまして、僭越《せんえつ》ながら私コケシュッティが来場させていただきました」

「いえ、確かにこの施設は、魔王ドクソン様が、休戦協定が原因で傭兵《ようへい》仕事を無くした魔族の方々や、遺棄された魔獣達の受け入れ先として建設を考案なさった施設ですが、資金の大半も魔王ドクソン様がご負担くださいましたし、その資金のおかげで、魔族の方々を雇い入れることも出来ましたので、魔王山ぷりんぷりんパークとしましては業務に支障もございませんでしたので」

「それはよかったのですです。魔王山ぷりんぷりんパークの運営に支障が出ることを、魔王ドクソン様も一番気にされていましたのですです」

ペギーペギーの言葉に、コケシュッティは嬉しそうに頷く。

その言葉に、ペギーペギーは少しびっくりした表情を浮かべた。

（……以前の魔王様でしたら、魔王山ぷりんぷりんパークの運営の事などお構いなしに、資金も人手もすべて準備しろ、といった無理難題を押しつけてこられましたでしょうに……）

「あ、あのぉ……何かありましたですです？」

考えを巡らせていたペギーペギーの様子を、コケシュッティは怪訝《けげん》そうに見つめていた。

「あ、いえいえ。ちょっと考え事をしていただけですわ。では、そろそろ会場にまいりましょうか。すでに試験レースが開催されていますので」

「わかりましたですです。あ、それと、今日は人族のお客様もお見えになるんでしたよね？」

「えぇ、そちらの方々も、もうしばらくしたら到着されると思いますわ」

会場に向かって歩いていくペギーペギー。

コケシュッティは、笑顔でその後方に続いていった。

◇魔王山ぷりんぷりんパーク魔獣レース場◇

魔獣レース場は、文字通り魔獣がレースを行い、それを観客が観戦して楽しむ施設になっていた。

そんな施設の中、観客席の上部にある関係者席へ入ったペギーペギーとコケシュッティ。

「この施設は、休戦協定によって仕事を失った魔族の方々に魔獣の騎乗者として参加していただいたり、遺棄された魔獣達をレースに参加させることによって、職を失った魔族の方々や遺棄された魔獣達の居場所にすべく、魔王ドクソン様の発案で作成されておりますが……コケシュッティ様は、当然ご存じですわね」

「あ、はい、お話では知っているのですですが、完成したレース場を拝見するのは今日がはじめてですです」

コケシュッティはペギーペギーの隣で物珍しそうに周囲を見回し続けている。

「ほら、そろそろ試験レースがはじまりますわ」

ペギーペギーがレース場を指さした。

それを受けて、コケシュッティは笑みを浮かべながら窓の方へ移動する。

◇◇◇

レース場はいくつかのブロックに区分けされていた。

一つは、魔獣達が一直線のコースをまっすぐ走るために作成されたコース。

一つは、魔獣達が一周出来る丸くなっているコース。

一つは、観客席の後方、自然の岸壁を利用した起伏に富んだコース。

三つ目のコースは、観客席から見にくいため、会場の真ん中に設置されている巨大なウインドウでレースの状況が映し出される仕組みになっている。

そんな会場内に、ファンファーレの音が響いていく。

それに合わせて、会場内の直線コースに、魔獣達が登場する。

第一のコース：スライムのモルート
第二のコース：スライムのデラス
第三のコース：スライムのゴライアス
第四のコース：スライムのプルン

同系色の青色をした、ほぼ同じ大きさの四匹のスライムがスタートラインに並んでいく。

そんなスライム達を、関係者席から見つめているコケシュッティ。

（……えっと……スライムさん達って、みんな色も一緒だから誰が誰だか、さっぱりわからないですです……）

額に汗を流しながら、その顔に引きつった笑みを浮かべていた。

コケシュッティがそんな事を考えていると、コースの脇から出てきた小柄なゴブリン達が、スライム達の上に、騎乗していった。

スライムの体を覆うようにして手綱が付けられており、ゴブリン達はそれを手に持ち、スライムの体を足で挟むようにして乗っている。

「あぁ、ゴブリンさん達の衣装がみんな違っていますから、区別がつきやすいですですねぇ」

「そうなんです。以前のプレースで、スライムだけを走らせたら、誰が誰だかわからなくなってしまい、着順を決めることが出来なくなってしまいまして。その反省を踏まえた措置でございます」

コケシュッティの言葉に、満足そうに頷くペギーペギー。

程なくして、スタートラインに横一線で並んでいるスライム達の横に、スターター係の骨族の男が歩み寄っていく。

「んでは……よーい……スタート！」

骨族の男が、手の旗を振り下ろした。

同時に、一斉にスタートするスライム四匹。

「ふふ、悪いけどボクはただのスライムじゃないんだム～！」

語尾を上げながら、モルートが空中に飛び上がった。

すると、背にゴブリンを乗せたまま、体を人型に変化させていく。

「な、なんですの、あのスライムは？」

「あれは人型に変化することが出来るスライムエンペラー種ですね。スライムの中でも知能を持っている稀少《きしょう》な上位種ですわ」

ペギーペギーは、手元の資料を確認しながら、びっくりしているコケシュッティに説明していく。

「ふふ、これでボクがぶっちぎりで一位だム～！」

モルートが軽快な足取りで一気に駆け出す。

「いかせない、でっす！」

そんなモルートの足に、自らの体を棒状に変化させたプルンが巻き付いていく。

両足を縛られた格好になったモルートは、そのまま顔面から地面に倒れ込んだ。

「何するんだム～！」

「一位はこのプルンのもの、でっす！　独走は許さない、でっす！」

転んだモルートを尻目に、先を急ごうとするプルン。

「そ、そうはいかないんだムー」

そんなプルンの体を、モルートが右手で摑《つか》む。

「ちょ!?　往生際が悪いの、でっす！　離す、でっす！」

「そうはさせないんだ、ムー！」

倒れ込んだまま、激しい言い争いを繰り広げているモルートとプルン。

「……レース中だというのに、足の引っ張り合いとは……では、お先に行かせていただくで候」

そんな二人を迂回《うかい》し、ゴライアスがトップを独走していく。

「……あなた、かっこいいぬらぁ……好みぬらぁ……どこまでもご一緒したいぬらぁ」

「……う、うぬ!?」

雌であるデラスがゴライアスの真後ろをぴったりとキープし、ストーカーよろしく追いすがる。

（……やばいで候……とんでもないスライムに目をつけられてしまったで候……）

普段はダンディないぶし銀と、スライムの仲間内では評判のゴライアスなのだが、その背後を完壁にキープし、ぬらぁぬらぁと、荒い息を吐き続けながら追いすがってくるデラス相手では、いつものダンディでいぶし銀な風貌を維持出来るわけもなく、ただただ必死になって逃げることしか出来ずにいたのであった。

……数秒後。

結局、このレースはゴライアスが、追いすがるデラスをどうにか振り切り一位で終了したのだが
……ゴール後もデラスに粘着されたゴライアスは、ウイニングランをすることもなく会場の外まで逃げていった。

……その後、ゴライアスとデラス、そしてその二匹の背に乗っていたゴブリン達を見た者はいなかった。


「……あ、あの～……こ、これって……」

会場の外に出て行ってしまった二匹のスライムと、コースの途中でいまだに言い合いをしている二匹のスライムを交互に見つめながら、額に脂汗を流しているコケシュッティ。

そんなコケシュッティの横で、ペギーペギーは、

「プレレースですからね。まぁ、こんな事もありますわ」

いつものクールビューティな装いを維持したまま、そう言った。

「は、はぁ……ま、まぁ、確かに、プレレースですもんね……あはは」

ペギーペギーの言葉に、コケシュッティは乾いた笑いを浮かべる。

そんな彼女の視線の先では、

「お、おい……なんだったんだ、このレースは……」

「なんか、わけがわからなかったんだが……」

「まぁ、スライムのレースだしなぁ……」

「いやいや、いくらスライムのレースでも、この結果じゃあ……」

かなり微妙な感じの声があがり続けており、ざわつき続けていたのだった。

そんな中……

「……あら？」

レース場の上空を見上げていたペギーペギーは、

「どうやらお呼びしていたお客様がお見えになったようですわ」

そう言うと、関係者席を後にしていく。

「あ、わ、私も行きます！」

そんなペギーペギーの後を、コケシュッティも慌てて追いかけていった。

ちなみに、直線コースには次のレースに参加する新たなスライム達が登場し、会場内の空気がさらに微妙になっていたのだが、関係者席を後にした二人は、そのことに気がついていなかった。

◇魔獣レース場近く・駐車場◇

魔獣レース場に隣接している駐車場。

ここには、馬車や愛馬に騎乗してレース場や魔王山ぷりんぷりんパークを訪れるお客のために準備されているスペースである。

魔獣レース場へは、歩いて移動出来るのだが、魔王山の山頂付近に設置されている魔王山ぷりんぷりんパークに入園するためには、ここから骨龍の輸送便に乗って入場ゲートまで輸送してもらう必要があった。


そんな駐車場の一角に、一隻の魔導船が着陸した。

着陸といっても、地面すれすれまで降下しているだけで、船体から伸びた階段が地面に接地している。

その階段から、リルナーザが降りてくる。

「わぁ、すごいです！」

いつもの大きな帽子を目深に被《かぶ》っているリルナーザは、満面に笑みを浮かべながら周囲を見回した。

その横には、一角兎《ホーンラビット》の姿に変化しているサベアが付き従っており、その後方を、サベアの妻である一角兎《ホーンラビット》のシベアと、二人の子供達であるスベア・セベア・ソベア達が順番に続いていく。

「ほんと、サベア達ってリルちゃんの事が大好きだねぇ」

その後ろに続いているリスレイが、笑顔でサベア一家を見つめていた。

すると、その言葉を耳にしたサベアがいきなり後方を振り向き、リスレイに向かって飛びついた。

「わ、サベアったら」

リスレイはそんなサベアを笑顔で抱きとめる。

サベアは、リスレイに頬ずりをしながら、

「ふんす！　ふんす！」

と嬉しそうな声をあげる。

それは、まるで、

『リスレイの事も大好き』

と言っているかのようだった。

「あはは、ありがとねサベア。アタシも大好きだからね」

サベアを抱きしめながら笑みを浮かべているリスレイ。

そんなリスレイに続き、フリオが姿を現した。

そこに、ペギーペギーが歩み寄っていく。

「フリオ様、この度は私達の申し出にお応えくださり誠にありがとうございます」

「いえいえ、フリース雑貨店としてもありがたいお話ですので」

ペギーペギーに対し、フリオはいつもの飄々《ひょうひょう》とした笑顔を向ける。

「それで、例の魔獣達はどちらに？」

「あ、はい。魔導船の倉庫に入ってもらっていますので……」

そう言うと、停泊している魔導船の下部を指さす。

その先では、倉庫の扉が開いているところだった。

「では、早速確認を……」

魔導船に向かって歩き出そうとしたペギーペギー。

「少々お待ちくださいませ、ペギーペギー様」

そんなペギーペギーの後方から、男の声が聞こえてきた。

ペギーペギーが肩越しに振り返ると、そこに数人の魔族達が立っていた。

その中央に立っている、黒を基調としたタキシードに身を包んでいる男が、右手をひらひらさせながらペギーペギーの方へ近づいていく。

「魔獣レース場で使用する魔獣を仕入れるために、人族の商会に仲介を頼んだとお聞きしましたが……ひょっとして、その方が人族の商会の方でいらっしゃいますか？」

「えぇ、そうです。魔王山ぷりんぷりんパークの物販関係でもお世話になっているフリース雑貨店の代表であられますフリオ様でございますわ」

「ほう、あなたが店主様ですか……」

魔族の男はペギーペギーの説明を受け、視線をフリオへ向ける。

そんな魔族の男に、フリオはいつもの飄々とした笑顔を向けた。

「はじめまして。ホウタウの街でフリース雑貨店の代表を務めさせてもらっている、フリオと申します」

「これはこれはご丁寧に、ど〜も……」

大げさな仕草で一礼した魔族の男は、

「私、ブランタッカー商会の代表を務めておりますブランタッカーと申します」

その顔に、にんまりとした笑みを浮かべながら、フリオの顔を見つめていた。

黒い鏡面の眼鏡をかけているため、その視線を確認することは出来ない。

しかし、その顔はまっすぐにフリオの顔へ向けられていた。

しばらく、その体勢のままフリオと対峙《たいじ》していたブランタッカーは、改めてその視線をペギーペギーへ向けていく。

「……んで、このフリオ様から、魔獣を仕入れる……と、言われるのでございますか？　魔王軍に戦闘用の魔獣を斡旋《あっせん》し続けている、このブランタッカー商会を差し置いて？」

ブランタッカーは、その顔ににんまりとした笑みを浮かべたまま口を開く。

そんなブランタッカーを前にして、ペギーペギーは小さくため息をついた。

「それに関しましては、以前にもご説明申し上げましたでしょう？　ブランタッカー商会からの仕入れを終了するのではありません。あくまでも、仕入れ先を増やして魔獣レースに参加する魔族の方々が騎乗する魔獣の選択肢を増やすのが目的です、と……それに、フリース雑貨店様だけを増やすのではありません。調教師の方からの買い付けなども募集しておりますので……」

ペギーペギーが説明をしていると、それをブランタッカーが右手で制止した。

「いえいえいえ、戯言《ざれごと》はもう結構。そんな事をしなくても、魔王軍への納入実績のある、我がブランタッカー商会にすべて任せておけば、万事解決でございます。他の仕入れ先など、無用なのですよ。そういうわけですので、フリース雑貨店様には、すぐにお店に戻られますことをお勧めさせていただきます」

ブランタッカーはニヤニヤと笑みを浮かべながら、再び大仰な仕草で頭を下げていく。

そんなブランタッカーの周囲に、その後方に控えていた魔族達が歩み寄っていく。

「ブランタッカー様の言う通りだぽい。心配しなくても、我らブランタッカー商会が責任を持って魔獣を供給するぽいよ」

筋骨隆々の魔族の男が、両腕でサイドチェストのポーズをしながら、その顔に笑みを浮かべる。

「ほら、こんなにナイスな魔獣を、いつでも必要な頭数、バッチリ準備出来るのですわよ？　他の仕入れルートなんて必要ありませんですわ」

頭に巨大な角がある青い肌の妖艶な体の女が、投げキッスをしながらウインクした。

さらに、その後方には一匹の魔獣が控えていた。

四つ足で毛深いその魔獣は、上腕から胸筋にかけての筋肉がかなり発達しており、みるからに獰《どう》猛《もう》そうな体格。

魔族の女もかなり大柄だが、魔獣はその女の五倍はありそうな体躯《たいく》を誇っている。

「こいつなら、間違いなく魔獣レースでも活躍してくれますわ。しかも、こんな魔獣達がまだまだ控えておりますの」

満面に笑みを浮かべながら、魔族の女が魔獣の頭を撫《な》でる。

その時だった。

「……お姉さん、この魔獣さん可哀想《かわいそう》ですよ」

「は？」

足元から聞こえてきた女の子の声を耳にした魔族の女は、その視線を声の方へ向けた。

その視線の先には、リルナーザの姿があった。

リルナーザは、魔獣の右前脚の前に座っており、右前脚をジッと見つめている。

「お、お嬢ちゃん？　か、可哀想って、ど、どういう事かしら？」

（……可哀想って……い、いきなり何を言い出すのよ、この子ってば……）

魔族の女は、内心で舌打ちをしながら、引きつった笑みをその顔に浮かべつつ、リルナーザへ声をかける。

そんな魔族の女へ顔を向けると、リルナーザは魔獣の右の前脚に手を当てた。

「だって、この魔獣さん、ここを怪我《けが》しています。ここまで来るのもとても痛かったみたいです」

リルナーザはまるで自分の体が痛むかのように、瞳に涙を溜《た》めている。

「……は？　ま、前脚を怪我って……どこにも傷なんてないじゃないの」

「皮膚じゃないんです。筋を痛めているんです」

懐疑的な表情の魔族の女と、その女を涙目で見上げているリルナーザ。

そこに、フリオが歩み寄った。

「……ここかい、リルナーザ？」

「はい、そこですパパ。この魔獣さん、すっごく痛そうな顔をしているんです」

「い、痛そうな顔って……」

リルナーザの言葉を聞いた魔族の女は、思わず吹き出した。

「こいつはいつも同じ顔しかしないっての。まったく、いい加減な事を言わないでほしいわねぇ」

口元を右手で押さえながら、魔族の女は笑いを堪《こら》えている。

そんな女の前で、フリオは魔獣の右脚に向かって右手を伸ばした。

小さく詠唱すると、魔獣の脚の上で魔法陣が回転していく。

「……なるほど、ここの靭帯《じんたい》がかなり痛んでいるね。これは痛いはずだ」

納得したように頷くと、フリオは詠唱の内容を変更した。

すると、先ほどまで黄色に輝いていた魔法陣が青く輝きはじめた。

「……よし、これで治ったよ」

詠唱をやめたフリオが、リルナーザに笑顔を向けた。

すると、べろんと魔獣がいきなりフリオの顔を舐《な》め上げた。

続いて、リルナーザにも顔を寄せ、その顔に舌を伸ばした。

「あは♪　魔獣さん、痛くなくなってよかったですね」

そんな魔獣を、笑顔で見つめるリルナーザ。

今度は、その顔を真正面から舐める。

その唾液のせいで、顔面がびしょびしょになっているリルナーザだったが、気にすることなく、魔獣の顔に抱きついた。

その光景を前にして、魔族の女は目を丸くしていた。

（……ちょ？　ど、どういう事？……こいつが、親愛の仕草……人の顔を舐めるなんて、アタシには一度もしたことがないわよ……まさか、本当に怪我をしていて、それをこのフリオって男が治したっていうの?)

魔族の女は目を丸くしながら魔獣とじゃれているフリオとリルナーザの様子を見つめる。

「こ、こほん……え〜、まぁ、ちょっと手違いがあったようでございますが……私達ブランタッカー商会が魔王軍御用達《ごようたし》の商会であることに間違いはございません。この魔獣以上にすばらしい魔獣をですね……」

ペギーペギーの眼前に移動したブランタッカーは、ニヤニヤした笑みを三割増しにしながら改めて大仰に一礼していく。

「ニャ……それはおかしな話ニャねぇ」

「うむ、そうだな」

そんなペギーペギーの後方から、二人の男女の声が聞こえてきた。

「うん?　一体誰でございますか?　妙な事を口にされますのは?」

ブランタッカーは顔を上げ、声の主の方へ顔を向ける。

その顔の前に、ウリミナスとゴザルが立っていた。

「ニャんかお前、魔王軍御用達、魔王軍御用達って繰り返しているニャけど……それはどの魔王の頃からニャ?」

「それはもう、歴代の魔王様に長年にわたってご愛用いただいております。古くは、歴代最強の名君と名高い魔王ゴウル様にはじまり……」

「ほう？　私か？」

ブランタッカーの言葉に、ゴザルが首をひねった。

「……は？　何を言っておられるのです？　貴方《あなた》はただの人族でございましょう？　私が申してありますので、魔王ゴウル様の事で……」


「だから、私であろう？」

そう言うと、ゴザルは自らの姿を魔族のそれに変化させていく。

人族に変化していたその体はみるみる肥大化し、その皮膚が青く変色して、頭部に角が出現する。

そして、そこに元魔王であるゴウルの姿が具現化していた。

その姿を前にして、

「……んが!?」

ブランタッカーの顎がカクンと下がった。

その笑顔は消え、その場で完全に固まっていた。

「なぁ、ウリミナスよ。私の時代に、ブランタッカー商会なる商会から魔獣を仕入れたことなどあったか？　私の記憶にはまったくないのだが？」

「うニャ。魔王軍として取引したことは一度もニャいニャ。ただ、貴族達を相手に能力の低い魔獣を高値で売りつける阿漕《あこぎ》な商売をしている商会がいるって報告の中に、そんな名前の商会があったようニャ気がしないでもニャいニャ」

ゴザルに言葉をかけながら、ウリミナスもまた、自らの姿を人族から死猫族の姿に変化させた。

そんな二人を前にして、ブランタッカーは顎をだらんと下げたまま、その場で固まっている。

（……も、元魔王ゴウル様と……そ、その側近の死猫族のウリミナス様……な、なんでそんな大物が、人族の商会の関係者と一緒にやって来ているのでございますか……）

困惑しながらも必死に考えを巡らせていく。

（……ぼく……ぼく……ぼく……よ～っし、これでいきましょう！）

考えがまとまったブランタッカーは、自らの手で顎を元に戻し、改めてその顔にニヤニヤした笑みをその顔に浮かべ直していく。

「私としたことが、ちょおっと記憶違いをしてしまいまして大変失礼いたしました。魔王は魔王でも魔王ドクソン様の頃でしたかねぇ。いやはや、これはこれは大変失礼いたしました」

ブランタッカーは揉《も》み手《で》をしながら、ペコペコと頭を下げ続ける。

そんなブランタッカーの様子を、ウリミナスはジト目で見つめていた。

「……ふ～ん。勘違いってことでごまかそうって魂胆かニャ？　往生際が悪いニャねぇ」

「いえいえいえ、滅相もございません。ごまかそうだなんてこのブランタッカー、微塵《みじん》も考えておりません！」

必死に平静を装いながら、笑顔を維持し続ける。

（……耐えるのです、ここはなんとしても耐えきるのです……そうしないと、ブランタッカー商会の未来がなくなってしまうのです……）

揉み手を繰り返し、愛想笑いを続けるブランタッカーに向かって、ゴザルが足を踏み出す。

「……ふむ。お主が魔王時代の私の事を知っているのであれば、私が嘘・偽りが大嫌いなことは知っているであろう?」

その目に怒気をはらませながら、ブランタッカーを睨《にら》み付けた。

その迫力の前で、ブランタッカーは体中が身震いするのを感じた。

(……ささ、さすがは史上最強の魔王と称されていたお方……ひひひ、一睨みされただけで身がすくんで何も出来なくなってしまうではないですか……)

その顔の愛想笑いはこわばり、全身をガタガタ震わせた。

その左右では、男女の魔族がブランタッカー同様にガタガタ体を震わせながら、その場から身動き出来なくなっていた。

「まぁまぁ、ゴザルさん」

そんなゴザルに、フリオがいつもの飄々とした笑みを浮かべながら話しかけた。

先ほどまでの殺伐としていた空気が、フリオの言葉で瞬時に解きほぐされていく。

「うむ?……よいのか、フリオ殿よ?」

「ええ、僕としましても、遺恨を残すようなやり方はあまり好きではありませんので」

「なぁに、フリオ殿が目をつぶってくれていれば、遺恨も何も綺麗《きれい》さっぱり無くしてしまえるのだがな」

ゴザルはその口元に、冗談とも本気とも取れそうな笑みを浮かべる。

それでも、フリオの言葉を受け入れたのか、ゴザルとウリミナスはその姿を人族の姿に戻した。

それを受けて、ブランタッカーはようやく安堵《あんど》の息を吐き出した。

そして、一度大きく唾を飲み込むと、

「そ、そうだ。こういうのはどうでしょう？」

フリオに向かって右手の人差し指を立てる。

「今ですね、魔獣レース場ではプレ魔獣レースが開催されていますよね。そこで、我らブランタッカー商会の魔獣と、フリース雑貨店の魔獣で勝負をしてみませんか？」

「あら、それはいい案かもしれませんね」

ブランタッカーの言葉に、笑顔で頷くペギーペギー。

「レース場の準備は出来ましたが、レースに参加する魔獣が不足していて、今はスライムなどの小型魔獣のレースしか開催出来ておりませんので、ここで大型の魔獣のレースを行えば、いい宣伝になりますわ」

ペギーペギーの言葉に、ブランタッカーは内心でしてやったりとばかりにほくそ笑んだ。

（……ふふふ、この魔獣レースで圧勝すれば、魔獣レースに参加するための魔獣を求めている魔族達は、こぞって我らがブランタッカー商会から魔獣を買いたいと思うはず。相手に元魔王ゴウル様がおられたのは想定外でしたけれども……）

ここで、ブランタッカーは、フリオを指さした。

「と、いうわけで、ここは商店主同士の一騎打ちで決着を付けるのがよろしいのではないでしょうか？」

周囲にも聞こえるように、ワザと大きな声をあげるブランタッカー。

……すると、

「へぇ、ブランタッカー商会の魔獣と、人族の商会の魔獣が勝負するのか？」

「こりゃ楽しそうじゃないか！」

「おぉ！　人族なんかに負けるなよブランタッカー！」

「ブランタッカーが勝ったら、魔獣を買ってやるからな！」

駐車場にいた魔族達が、ブランタッカーの声に反応し、一同の周囲を取り囲んだ。

魔族達は、当然のように魔族であるブランタッカーに声援を向けていく。

どんどん大きくなっていく声援を聞きながら、ブランタッカーはドヤ顔で頷いていく。

（ふっふっふ、作戦通りですね。これで、元魔王様や側近のウリミナス様に邪魔されることなく、このフリオとかいう人族の商会代表を、魔獣レースで打ち破れば、最初の計画通りってことですね……）

ドヤ顔のブランタッカーの前で、フリオは、

「……そうですね、皆さんも楽しみにしてくださっているみたいですので、お受けさせていただきます」

その顔にいつもの飄々とした笑みを浮かべながらフリオも頷いた。

（……よっし！　計画通りです！）

フリオが承諾したことを確認すると、その顔に、ニンマリとした笑みを浮かべた。

フリオの後方に立っているガリルの、そのさらに後方に霧が出現する。

「ちょ、べ、ベンネエさん、今はちょっと立て込んでるから」

ベンネエが出てこようとしているのを察したガリルは、慌てた様子で霧を手で払う。

程なくして、霧は霧散していきベンネエが出現することはなかった。


（……あの男は何をやっているのでしょう？）

ガリルの動きを、困惑しながら見つめていたブランタッカーの前にリースが歩み出た。

その背に、大きなリュックを背負ったまま、リースが右手をあげる。

「すいません、レースの件で確認させていただきたいのですが？」

「はい、なんでしょう？」

「旦那様がレースに使用する魔獣は、売り物でなくてもいいですか？　例えば、狩りの際に愛用している魔獣とか……」

「そうですね、それは問題ありませんよ。店主がどんな魔獣を愛用しているかによって、取り扱っている魔獣のレベルも想像出来るというものですから」

リースの言葉に、相変わらずドヤ顔を続けているブランタッカー。

そんなブランタッカーの前で、リースがにっこり微笑《ほほえ》む。

その顔を、背後のフリオへ向けると、

「……だ、そうですわ旦那様」

満面に笑みを浮かべたまま、嬉しそうに言葉をかける。

（……え、えっと……そ、それって……）

リースの笑顔を見つめながら、その意図を察したフリオは、その顔に苦笑を浮かべていた。

そんなフリオとリースのやり取りに気付くことなく、ブランタッカーは、

「では、後ほどということで」

ドヤ顔のままそう言うと、きびすを返す。

その後方に、男女の魔族達も付き従っていく。

そんな二人に、ブランタッカーは、

「……お前達、わかっているでしょうね」

フリオ達に聞こえないように、小声で声をかける。

「「はい」」

そんなブランタッカーに、小さく頷く二人の魔族。

それを確認したブランタッカーは、満足そうに頷いていた。

◇半刻後・魔獣レース場◇

フリース雑貨店とブランタッカー商会による、店主同士の魔獣レースは、観客席の後方、自然の

岸壁を利用した起伏に富んだコースを利用して行われることになっている。

観客席の前、レース状況を実況中継するために設置されているウインドウには、ペギーペギーの上半身が映し出されていた。

実際のペギーペギーは、ウインドウの前に立っており、その姿を魔導カメラで撮影し、その映像を後方のウインドウに投影していたのである。

「……と、いうわけで、このレースは魔獣レース場の外周を利用して行われますが、レースの最中は、相手の魔獣と交戦することも認められています」

ペギーペギーの言葉に、会場全体がどよめいていく。

「うぉぉ！　そりゃすごい！」

「まさに血湧き肉躍るってヤツだな！」

「うぉぉ、なんかワクワクしてきたぜ！」

観客席の魔族達から、歓声が沸き起こっていく。

そんな観客席の上、関係者席の一室に陣取っているゴザルは、ウインドウを見つめながら、弁当を頬張っていた。

「ふむ……この魔獣の炒《いた》め物、なかなか美味いな」

この弁当、リースが背負っていたリュックの中に収納されていた物である。

ゴザルは、その中のひとつを早速口にしていた。

「ちょ、ちょっとゴザル。ご飯はみんなが揃《そろ》ってからニャ」

「まぁ、そう言うな。腹が減っては戦は出来ぬ、と、人族のことわざにもあるではないか」

「魔族のあんたが、人族のことわざを使ってごまかそうとするニャし！」

「とにかくだ、この炒め物、本当に美味いのだ。許せ」

楽しそうに早弁を決め込んでいるゴザルに、ウリミナスは頬を膨らませ、肩を怒らせている。

そんな二人の様子を、ガリルやリルナーザ、リスレイ達は苦笑しながら眺めていた。

「……そういえば、ガリちゃんは早弁しないの？」

「早弁って……昔の僕ならしたかもだけど、今日はリルナーザもいるんだし、兄として行儀悪いことは出来ないよ」

「へぇ、そっか……」

ガリルの言葉に、リスレイは意外そうな表情を浮かべた。

（……昔のガリちゃんだったら、ゴザルさんと競うようにして弁当を食べてたはずなのに……やっぱ、魔族の血が濃いだけあって、成長が早いんだなぁ……）

そんなリスレイの前では、リルナーザが窓にぴったり張り付いていた。

「わぁ……こんなところから魔獣さんのレースを見ることが出来るんですね。すっごく楽しみです」

笑顔でウインドウを見つめているリルナーザ。

その左右には、サベア一家がリルナーザの真似《まね》をするかのように、窓にべったり張り付いていた。

そんなリルナーザ達の後ろ姿を見つめていたガリルは、

「……うん、リルナーザとサベア達のこういう姿って、可愛《かわい》いよね……すごく癒やされる……」

いつもは凜《りん》とした表情を、だらしないくらいにニヤけさせていた。

「そうね、なんか可愛いよね」

その横で、リスレイもほわほわした笑顔を浮かべている。


そんな一同の前で、レース場中央のウインドウの画像が切り替わった。

魔獣レース場の外周に設けられている洞窟を利用したスタート地点が、ウインドウに映し出されている。

『本日はプレレースのため、使用されている魔獣の姿は事前にわからないようになっていますが、本レースの際にはレース場内で、出走する魔獣とその騎乗者を観客の皆さんに事前にお目見えさせていただく予定になっております』

場内に、ペギーペギーのアナウンスが流れていく。

その声は、レース場内の各所に設置されている魔導拡声器によって場内に流されていた。

そんな中、ウインドウの上部に『10』という数字が表示され、カウントダウンが始まる。


スタート地点の洞窟の中。

ブランタッカーは、その顔にニンマリとした笑みを浮かべていた。

「ふっふっふ、レース勝負になることは想定内です。もともと、我がブランタッカー商会が扱っている魔獣の素晴らしさを宣伝するために、特に能力の高い魔獣を準備しておりましたからね」

ドヤ顔をしているブランタッカー。

そんなブランタッカーが騎乗している魔獣、それはマルンタインゴウリーラと言われる魔獣だった。


――マルンタインゴウリーラ。

二足で直立すると全長十メートル近くになる。

腕力もすさまじく、強固な木柵を一撃で破壊するほどのパワーを持ち、巨体でありながら移動速度も速く、速いことで知られる魔馬並の速度を誇る。

クライロード軍も、戦時中はこの魔獣にかなり苦戦を強いられたと記録されており、騎士団達から恐れられる存在だった。


マルンタインゴウリーラはリュックの要領で鞍《くら》を背負っており、そこにブランタッカーが騎乗している。口にハミを噛《か》ませており、そこから伸びている手綱をブランタッカーが手にしている。

「これだけの魔獣ですが……まぁ、維持費が相当かかりますからねぇ。巨体だけあって、とにかく食いまくりますからねぇ。

とはいえ、我がブランタッカー商会が扱っている魔獣をアピールするにはうってつけです。

魔獣レース場の建築を聞きつけて、マルンタインゴウリーラを大枚はたいてかき集めたのです。

他の商会がこの魔獣を有しているはずがありませんし、この魔獣以上の魔獣を所有しているはずもありません……つまり、この勝負、

圧　倒　的　勝　利　確　定　！

というわけです」

（……念のために、コースの途中……カメラの死角に、店の者を配置もしておりますし、私が負ける可能性は、まずありませんね）

そんなブランタッカーの眼前、洞窟の出口の上部に数字が浮かび上がった。

場内のカウントダウンに呼応して、洞窟内の数字のカウントダウンも進んでいく。

3……2……1……0！

「さぁ、行きますよ！」

ブランタッカーが手綱を引き、手にした鞭《むち》でマルンタインゴウリーラの背を叩《たた》く。

ウッホ！

鞭に呼応して、マルンタインゴウリーラは豪快な鳴き声をあげながら洞窟を飛び出す。

その隣の洞窟から、フリオが騎乗している魔獣が飛び出した。

（……さて、フリース雑貨店さんは、どんな魔獣に騎乗し……て……え？）

ここで、フリオが騎乗している魔獣の姿を視認したブランタッカーは、表情を強《こわ》ばらせた。

その視線の先、洞窟から飛び出したフリオは、牙狼に騎乗していたのである。

美しい銀色の毛をなびかせ、マルンタインゴウリーラほどではないにせよ、大きな体をしているにもかかわらず、すさまじい速度で疾走していく。

スタート直後であるにもかかわらず、フリオが騎乗している牙狼はマルンタインゴウリーラのはるか前方を進んでいた。

「……え？……嘘……な、なんで牙狼……？……え？……み、見間違い？」

目の前の状況が理解出来ないのか、ブランタッカーは表情を強ばらせる。

そんなブランタッカーの視界から、フリオを乗せた牙狼はあっという間に消え去っていった。


「旦那様、気持ちいいですわねぇ」

牙狼は、嬉しそうな笑みを浮かべながらフリオに語りかけた。

そんな牙狼に、フリオはいつもの飄々とした笑顔を向けていく。

「そうだね、やっぱりリースと一緒に走ると気持ちいいよ」

フリオの言葉通り……

今、フリオが騎乗している牙狼は、リースが魔獣化した姿であった。

フリオを背にのせ、岩肌が露《あら》わになった入り組んでいるコースを、リースはこともなげに疾走していく。

カーブに差し掛かっても、減速するどころかさらに加速していく。

「旦那様がウルフジャスティスとして魔族の攻撃を牽制《けんせい》なさっていた頃は、こうしてあちこちの森を駆け回りましたものね」

リースはご機嫌な様子で尻尾を振りながらコースを進んでいく。

「そういえば、最近はこうやって森に出かけることもなかったもんね」

そう言うと、フリオはリースの首を優しく撫でた。

そんなフリオへ肩越しに視線を向けるリース。

「……あの、旦那様……フリース雑貨店のお仕事でお忙しいのは重々承知しておりますが……たまには一緒に共狩り《デート》に付き合っていただけると嬉しいのですが……」

リースの言葉を聞いたフリオは、

「うん、ぜひ一緒に行こう。僕も時間を作るからさ」

その顔に優しい笑みを浮かべながら、言葉を返した。

……次の瞬間、リースの瞳がハート形に変化し、尻尾が千切れんばかりの勢いで左右に振られた。

「そうと決まれば、こんな茶番なんて、ちゃっちゃと終わらせますわよ！」

リースは歓喜の咆哮《ほうこう》をあげ、さらに加速していく。

その速度は魔獣レース場に設置されている魔導カメラでも追いかけるのが困難なほどの速度に達していた。

魔獣レース場の一角。

コースに設置されている魔導カメラの死角になっているそこに、男女の魔族が潜んでいた。

崖の上に立ち、大きな岩を落石させて、フリオを足止めしようと待ち構えていた二人。

……しかし。

「な、なぁ……今、コースを何かが通過しなかったか？」

「……えっと……なんだろう……何かが通過したような気がしたような気がしないでもないんだけど……」

崖の上で、コースを見下ろしながら困惑した表情を浮かべている二人。

二人は、完全にフリオを見失っていた。

それもそのはず、すでにフリオとリースは二人の下を通過しており、コースの終盤に差し掛かっていたのであった。

しかし、その速度があまりにも速すぎたために、その姿を視認することが出来ていなかったのであった。

「……うん？　あれか？」

「そうね、アレに間違いないわね」

二人の眼下に、一匹の魔獣がコースの奥から接近してくるのが見えた。

「……崖の上《ここ》からだと、ちょっとよく見えないな」

「タイミングさえ合わせればなんとかなるわ……いくわよ」

眼下に接近してくる魔獣。

その速度を確認しながら、魔族の女は後方の魔獣に合図を送る。

その女に調教《テイム》されている魔獣は、その合図に従って巨大な岩を押していく。

そして、

「よし！　今だ！」

魔族の男が合図を出す。

「さぁ、今よ！」

それに呼応して、右手を振る魔族の女。

それを受けて、巨岩を押す魔獣。

しかし、その途中で魔獣はピタッと動きを止めた。

「「は、はぁ!?」」

いきなりの出来事に、驚愕《きょうがく》した表情を浮かべる魔族の男と女。

その間に、魔獣は二人の眼下を通過してしまった。

「ちょ!?　な、何をしてるのよ、アンタ！」

魔族の女は、自らが調教《テイム》している魔獣の、まさかの裏切りに目を丸くしながら詰め寄る。

そんな魔族の女の前で、魔獣はプイッとそっぽを向いて微動だにしなくなってしまった。

その右手で、脚をさすっている魔獣。

そこは、先ほどリルナーザとフリオのおかげで完治した怪我の跡だった。

そんな魔獣に、魔族の女はさらに詰め寄る。

「お、おい……」

そこに、魔族の男が声をかけた。

「な、何よ？」

「あ、あれを見ろよ」

「あれ？」

魔族の男が指さした先へ、自らも視線を向ける魔族の女。

二人の視線の先には岩場が開けており、通過している魔獣の姿をしっかりと確認することが出来たのだが……

「……あ、あれって、ブランタッカーの旦那だよな……」

「……そ、そうね……あれって、ウチの店のマルンタインゴウリーラで間違いないわね……」

「……ってことは……さっきのタイミングで岩を落としていたら……」

自分達が、間違った相手に岩を落とそうとしていたことに気がついた二人は、口をあんぐりと開けたまま、その場で動けなくなっていた。

そして、このレースはフリオの圧勝で終わったのだった。

◇◇◇

レースが終了してかなりの時間が経《た》っているのだが、

「いやぁ、あの魔獣すごかったなぁ」

「あぁ、あの速さは尋常じゃなかったな」

「っていうか、やっぱあれって牙狼なんじゃないか?」

「牙狼って、確かウルフジャスティスの相棒なんじゃなかったっけ?」

「そういやぁ、フリース雑貨店ってウルフジャスティスと提携してるって話を聞いたことがあるぞ」

「ってことは、マジであの魔獣は牙狼だったのか!?」

観客席では、フリース雑貨店対ブランタッカー商会の魔獣レースの結果の話題で盛り上がり続けていた。


レース場では、プレレースとしてスライム四匹による直線コースでの魔獣レースの準備が進んでいるのだが……

「……なんか、誰もこっちを見てないきがするだダ～……」

「……ちょっとやる気が出ない、でっす……」

「いっそのこと、一緒に逢《あ》い引《び》きしないぬらぁ……」

「……れ、レース中だというのに、まとわりつくでないで候」

スライム達も、どこか集中していない様子でスタートラインのあたりをウロウロしていた。

そんな光景を見下ろす位置にある関係者席の一室。

そこに、フリオ一行とペギーペギー、それにコケシュッティの姿があった。

「ちょっとゴザル！　私の分はともかく、旦那様の食事まで食べてしまうなんて、何を考えているのよ！」

腰に手を当て、抗議の声をあげるリース。

そんなリースの前で、ゴザルは、

「いやぁ、すまんすまん。お前のレースがあまりにも見事だったのと、食事があまりにも美味かったもんだから、つい食べすぎてしまったんだ。許せ」

はっはっはと豪快に笑いながら、ゆっくり頭を下げた。

「リース、食事は帰ってから食べればいいからさ」

「いいえ旦那様！　こういう事はその都度きっちりしめておきませんとクセになりますから！」

フリオが苦笑しながら、リースをなだめようとする。

しかし、リースの怒りはおさまることはなく、尻尾を真上に上げ、牙を具現化させながらゴザルに怒りの表情を向け続けていた。

（……困ったな、どうしたもんかなぁ）

その状態を前にして、フリオは苦笑することしか出来なかった。

そんなフリオの元に、ペギーペギーが歩み寄る。

「あの、フリオ様……この条件で本当によろしいのですか？」

「えぇ、それで問題ありません」

「……ですが、勝負に勝たれたのですから、魔獣レース場で使用出来る魔獣を、フリース雑貨店から購入した魔獣に限定することも可能ですのに、この条件では、フリース雑貨店様に有利とは思えないのですが」

フリオから提示された条件が書かれた用紙を再度確認しながら、困惑した表情を浮かべるペギーペギー。

その言葉通り、フリオが示した条件は、
・魔獣の購入については、レースに参加する魔獣のオーナーの自由意志に任せる。
・魔獣レース場の一角に、フリース雑貨店専用の魔獣飼育場所を確保する。
・定期魔導船の乗降タワーの設置の許可。
この三点だけだった。


(……ブランタッカー商会は、勝負に勝ったら魔獣レース場で使用する魔獣をブランタッカー商会から購入した魔獣に限定するよう圧力をかけてきていましたのに……魔王山ぷりんぷりんパークの再開発にも、ほぼ無条件で強力してくださったフリース雑貨店様ですし、そんな無茶を言われることはないとは思っておりましたが……)

いつもの飄々とした笑みを浮かべるフリオを前に、ペギーペギーは困惑していた。

「……わかりました。では、魔獣レースで使用する魔獣に関しては、オーナーの自由意志に任せることにいたします。ただし、どんな魔獣でも参加出来るというわけではなく、魔獣レース場運営委員会の認可を受けた魔獣、ということにさせていただこうと思います」

「それがいいと思います。そうすれば、維持が難しくなった魔獣が遺棄されることも少なくなるでしょうからね」

ペギーペギーの言葉に、笑顔で頷くフリオ。

そんなフリオの前で、ペギーペギーは手にしている書類を確認していく。

「……フリオ様。今回の件とは別件で、ひとつご相談したい案件があるのですが……お話しさせていただいてもよろしいでしょうか？」

「えぇ、出来ることでしたら協力させていただきますので、遠慮なくご相談ください」

ペギーペギーの言葉に、フリオはいつもの飄々とした笑みを浮かべながら頷く。

それを確認すると、ペギーペギーは手元の書類とフリオを交互に見つめながら話しはじめた。

「実は、今回建設した魔獣レース場に、食堂コーナーや商品販売コーナーなどを併設したいと思っているのですが……」

「そうですね……」

ペギーペギーの言葉を受けて、思案を巡らせていく。

「……わかりました、その件に関しましては、ちょっと考えがありますので、少し時間をいただいてもよろしいですか？」

「わかりました。では、お返事をお待ちしておりますわ」

一礼すると、右手を伸ばすペギーペギー。

フリオは、その右手をいつもの飄々とした笑みを浮かべながら握り返していった。

◇◇◇

数刻後……

連れてきた魔獣達を、ペギーペギーに引き渡したフリオは、魔導船に乗船して魔獣レース場を後にした。

「いやぁ、すごかったなぁ、魔獣レース。スライムレースはともかく、大型の魔獣達のレースは迫力もあってすっごく面白かった」

ガリルは遠ざかっていく魔王山を窓から眺めながら、興奮した表情を浮かべている。

「本当にすごかったです！　魔獣さん達もすっごく楽しそうでした！」

ガリルの足元で、リルナーザも飛び跳ねながら笑みを浮かべている。

その足元では、サベア一家がリルナーザと同じように飛び跳ねながら、

「わほ！」

「ふんす！」

「わほ！」

「ふんす！」

一同みんなで嬉しそうな鳴き声をあげていた。

その横で、リスレイも笑みを浮かべ、

「サベアに乗ってコースを一周させてもらったけど、あそこを全力で走れたら楽しそうだなぁ……あ～、いつかアタシも参加してみたい！」

興奮した様子で、魔王山へ視線を向ける。

そんな一同の後方、舵を握っているフリオの元にリースが歩み寄った。

「それにしても旦那様、本当にあんな条件でよろしかったのですか？　魔獣の買い付けの件もですけど、魔獣レース場の販売くらいはフリース雑貨店が独占させてもらってもよかったのではありませんか？……それに、難癖を付けてきた上に、勝負に負けて逃走したブランタッカー商会にもペナルティーを求めないなんて……」

リースが頬を膨らませながらフリオに抗議する。

そんなリースの前で、フリオは苦笑した。

「確かに、普通に考えたらリースの言っていることが正しいと思うよ」

「でしょう！　そうと決まれば、すぐに引き返して、まず手始めにブランタッカー商会のヤツらをとっ捕まえて……」

腕まくりすると、出口に向かって足早に移動していく。

「ちょっと待つニャ！」

そんなリースに、ウリミナスが後方から手を伸ばし、意図的に、リースが着ているワンピースの首のリボンを引っ張った。

しゅるん――

その結果、リースのワンピースがほどけてしまい、その上半身が……

「ちょ!?　ちょっとウリミナス!?　な、何をするんですの！」

顔を真っ赤にしながら、リースが間一髪で服を押さえる。

「とにかく落ち着くニャ。せっかくフリオ様が魔族の事を考えて、あれこれ手を打ってくれたニャに、ここでリースが出ていったら、全部無駄になってしまうニャ」

「魔族の事を？」

「うむ、そうだな……」

ウリミナスの言葉に、ゴザルも腕組みをしたまま頷いた。

「あの魔獣レース場は、ドクソンが傭兵仕事を失った魔族や魔獣達の救済のために建設した施設だ。つまり、あそこに集まる魔族達は、多かれ少なかれ人族に対して思うところがある者達が多くなるだろう。そんな場所の魔族の販売権や物販の権利を人族が会長を務めているフリース雑貨店が独占していたら、その者達はどう思う？」

「そ、それは……」

着衣を直しながら、ゴザルの言葉を聞き、リースは考えを巡らせていく。

「フリース雑貨店は、魔族の間でも絶大な人気を誇っているウルフジャスティスと提携しているってことにニャってるニャし、魔獣レース場でもそれを前面に押し出せば、ひょっとしたら簡単に解決するかもしれニャい……でも、末端の魔族達は、ウルフジャスティスどころか、今の魔王の名前すら知らニャい者だって珍しくニャいニャ」

「うむ、だからこそ、魔獣レース場が人族だけでなく、かといって魔族だけでもなく、その両方が互いに協力して運営しているというところを、誰もがわかるような形で示してやる必要がある……フリオ殿はそう考えたのではないかな？」

そこで、フリオに視線を向けるゴザル。

ゴザルの言葉に、フリオは笑顔で頷いた。

「上手《うま》くいくかどうかわかりませんけど、そうした方がいいんじゃないかと、思っているんですよ。せっかく魔族と人族の間に休戦協定が結ばれたのですから、余計な紛争の種は極力避けた方がいいと思いますので、戻ったら関係者に打診して調整してみようと思っています」

「うむ、私が協力出来ることがあれば、いつでも遠慮なく言ってくれ。友人として全力で協力することを約束しよう」

フリオの言葉に、ゴザルも笑顔で頷く。

「ありがとうございます」

そんなゴザルに、フリオも再び笑顔で頷き返した。

しかし、フリオの後方ではリースが再び不満そうな表情を浮かべる。

「……えっと、ど、どうかしたのかい、リース？」

「いえ……旦那様のお考えを、ゴザルとウリミナスが理解していたというのに、妻であるこの私が理解出来ていなかったものですから……ブツブツブツ」

唇を尖《とが》らせながら、モジモジしていた。

すると、ガリルの後方に霧が出現していきその中からベンネエが姿を現した。

「何を仰《おつしや》っておられるのですかご母堂殿。我など、ご母堂様がレースでの決着を受け入れたことが理解出来ませんでしたよ。あの場に出現してブランタッカーなる男のそっ首叩き切ってやろうと、長刀《なぎなた》を構えていたくらいでございますからね」

「あの時出現しようとしていたのは、やっぱりそういう事だったのか……無理矢理阻害して正解だったよ」

ベンネエの言葉に、苦笑するガリル。

「ふむ……リースもたいがい喧嘩《けんか》っぱやいと思っていたが、まさかそれ以上の者がいたとはな」

「これはこれは、元魔王殿にお褒めいただき恐悦至極」

ゴザルの言葉に、どこか的外れな返事をしながら、ベンネエが深々と頭を下げる。

「……いや、今のは褒めてないでしょう？」

そんなベンネエの姿に、呆《あき》れた様子でため息を漏らす。

気がつけば、一同は和気藹々《わきあいあい》と会話を交わしていた。

フリオは、そんな一同の様子を確認すると、満足そうに頷きながら舵を操作する。

その動きに合わせて、魔導船は高度を上げ、ホウタウの街へ向かって航路を修正していった。

「……おい、リリアンジュ、ここで間違いないのか？」

金髪勇者は、表情を曇らせながら隣のリリアンジュへ声をかける。

その金髪勇者の視線の先で、リリアンジュは困惑した表情を浮かべながら首をひねっていた。

「先ほどの町で聞いた情報では……確かにこのあたりのはずなのですが……」

しきりに周囲を見回しながら、リリアンジュもまた、同様に困惑した表情を浮かべていた。


――リリアンジュ。

元邪界の使い魔で、今は金髪勇者パーティの一員として主に諜報《ちょうほう》任務をこなしている。


二人の周囲には広大な草原が広がっており、人工的な建物などは何一つ見当たらなかったのであった。

「しかしだな、リリアンジュよ……どこにも求人募集を行っている建物など見当たらないぞ？」

「……おかしいですな……情報では確かにこのあたりのはずなのですが……」

リリアンジュは困惑した表情を浮かべながら、手にしている地図へ視線を向ける。

リリアンジュが手にしている地図の一角には、赤い×印が記入されていた。

その地図を左右からのぞき込んでいる金髪勇者とリリアンジュ。

「……うむ、この地図によると、確かにこのあたりのようだが……」

「そうなのです……やはり、街に戻った方が良いのかもしれません」

「しかしだな……お前が聞いたという求人だが、かなり金がいいみたいだし……本当であれば、なんとか受注したいのだが……」

「そうですね、そうすればツーヤ様達《たち》も街でバイトする必要もありませんし……」

そんな言葉を交わしながら、地図と周囲を交互に見つめる。


金髪勇者一行は、近くの街に駐屯していた。

それというのも、ツーヤが管理していた金が底を尽きそうになったためであり、手分けして街の中でバイトを行い、金を稼いでいる最中なのであった。

そんな中、酒場で皿洗いのバイトをしていた金髪勇者は、同じ酒場でウェイトレスの仕事をしていたリリアンジュが、店の客から高額バイトの話を聞きつけ、早速現場に駆けつけていた。

求人場所に駆けつけたはずの二人だったが、周囲にそれらしい場所は存在していない。

そのため、二人の顔には困惑の表情が浮かんでいた。

そんな中、金髪勇者は大きなため息をつくと地図から顔を上げた。

「しかしあれだな……ヴァランタインがもう少し食べる量をセーブしてくれれば、資金繰りも楽になるのだが……」

「そ、そうは申されましても、元々邪界の住人であられますヴァランタイン様が、異界であるこの世界で存在し続けるためには、魔力を微量でも有している食べ物を摂取するのが一番手っ取り早いですし……魔力を有している魔石を摂取する手もありますが、その方が金がかかってしまいますし……」

「うむ、それはわかっておる。ただの愚痴だから気にするな……しかし、リリアンジュよ」

「はい、なんでしょうか金髪勇者殿」

「お前も元邪界の住人であろう？　何故《なぜ》お前はそんなに食べ物を食べなくても大丈夫なのだ？」

「あ、自分は、元々このクライロード世界を偵察するために肉体改造をされておりますので……もっとも、そのせいで邪界の魔法を使用することが出来なくなっているわけですが」

「ふむ……一長一短なのだな」

リリアンジュの言葉に、納得したように頷《うなず》く金髪勇者。

「さて、このままここで時間を費やしても仕方あるまい。街へ戻るとするか」

そう言うと、元来た方へ向き直った。

その時、リリアンジュが周囲を見回した。

「金髪勇者殿……しばしお待ちを……」

「うむ？　どうかしたのかリリアンジュよ」

「お静かに……あの音が聞こえませんか？」

「あの音……？」

リリアンジュに促され、耳に神経を集中する金髪勇者。

程なくして金髪勇者の耳にも何かの音が聞こえてきた。

ドドドドド……

「……ん？……んん!?」

その音に気がついた金髪勇者は、首をひねりながらさらに神経を耳に集中させていく。

思わず顔を見合わせていく二人。

「……確かに……何か聞こえるな」

「……そうなのです……気のせいか、徐々に大きくなっているような……」

「……で、なんなのだ、この音は……」

「……それが、拙者にもさっぱり……」

金髪勇者とリリアンジュは、そんな会話を交わしながら周囲を見回していく。

ドドドドド……

「……うむ、音はどんどん大きくなっているが……音の発生源は見当たらないな……」

「……気のせいか、あちらの森の中から聞こえているかのような……」

リリアンジュの言葉を受けて、森の方へ視線を向ける。

二人の視線の先……よく見ると、森の奥の方の木々が左右に揺れ動いていた。

その揺れが、気のせいか徐々に金髪勇者とリリアンジュの方へ近づいているように見える。

その様子を凝視している二人の視線の先で、木々の揺れはどんどん大きく、近くなっていき、ガサガサガサッ……ガサッ！

次の瞬間、森の中から巨大な魔獣が姿を現した。

「な!?」

「えぇ!?」

金髪勇者とリリアンジュが二人同時に驚愕《きょうがく》した表情を浮かべる。

森の中から姿を現したその魔獣はカンガルーを思わせる容姿をしており、筋骨隆々な脚部を駆使して、金髪勇者の五倍はある巨体を感じさせない素早さで走り続けている。

体とは不釣り合いに大きい頭部を有しているその魔獣は、口を大きく開けた状態のまま、金髪勇者とリリアンジュに向かって一直線に突進していた。

「い、いかん！　逃げるぞ！」

「り、了解です金髪勇者様！」

金髪勇者の言葉に、リリアンジュも我に返る。

二人は、慌ててきびすを返すと、即座にその場から脱兎《だっと》のごとき勢いで逃げ出していった。

「急げリリアンジュ！」

「ぎ、御意でございます！」

金髪勇者の言葉を受けて、リリアンジュは全力疾走していく。

索敵に特化した邪界の使い魔であるリリアンジュだけあって、その速度はすさまじく、結果、あっという間に金髪勇者を置き去りにしてしまっていた。

「ま、待て待てリリアンジュよ！　わ、私を置いていくでない！」

「そ、そうは申されましても、拙者の全力疾走は……」

「えぇい！　早く走って、私も置いていくでない！」

「そ、そんな無茶を申されましても……拙者の力では金髪勇者殿を背負って走ることも出来ませぬゆえ……」

そんな会話を交わしながらも、必死に走り続ける二人を巨大な魔獣は執拗《しつよう》に追いかけ続けている。

その口を大きく開け、口の周囲からは唾液を垂らしまくっていた。

「く、くそう……あの魔獣め、私達の事を餌と勘違いしているのではないか？」

「勘違いと申しますか、雑食の魔獣でしたら拙者達を捕食するのも当然かと申しますか……」

「えぇい、こんなところで魔獣に食われてたまるかぁ！」

金髪勇者が必死の形相で速度を上げる。

前方を走るリリアンジュも、肩越しに後方を振り返りながら金髪勇者の様子を気にしている……

「そ、それよりもリリアンジュよ……お前、少しは速度を緩めぬか」

「そんな事をしたら、拙者まで食われてしまいかねないではありませぬか。ご心配なさらずとも、万が一金髪勇者殿が魔獣に食われましたら、ヴァランタイン様達にその旨お伝えして、可及的速やかに救出いたしますゆえ……」

「き、貴様……そ、それは私を犠牲にするという……」

大声で言い合いしながら、必死に走り続ける後方を、追いかける魔獣の速度はかなり速く、金髪勇者との距離がジリジリと詰まっていた。

……その時だった。

「た、助けて～」

金髪勇者の耳に、悲鳴が聞こえてきた。

必死に走りながらも、その悲鳴を聞きつけた金髪勇者は、必死の形相のまま周囲を見回す。

しかし、金髪勇者の周囲に声の主らしき人の姿を確認することは出来なかった。

そんな金髪勇者の耳に、

「た～す～け～て～」

今度は先ほどよりもより鮮明な悲鳴が聞こえてきた。

「この悲鳴……いったいどこから聞こえているのだ……？」

困惑した表情を浮かべる金髪勇者。

その前方を走っていたリリアンジュが、何かに気付いたのかハッとした表情を浮かべた。

「金髪勇者殿！　上です！　上！」

金髪勇者の前方を疾走しているリリアンジュが、魔獣の頭上を指さした。

「上だと？」

リリアンジュの言葉にハッとした金髪勇者は、その指が指している方向へ視線を向けた。

リリアンジュの指の先、巨大な魔獣の頭上には巨大な角があるのだが、その角に何やらロープのような物がくくりつけられており、魔獣の後方に伸びているロープの先に、一人の女の姿があった。

その女は、魔獣の角にくくりつけられているロープの先を両手で握っており、魔獣が首を動かす度に、ロープも左右に大きく揺れ、その先を握っている女も激しく左右に揺れていた。

女はどうにかロープを握ってはいるものの、振り落とされてしまうのは時間の問題と思われた。

その女の存在に気がついた金髪勇者は、

「……あの女……あんな場所で一体何をやっているんだ？」

その視線を肩越しに後方へ向けた状態で、首をひねっていた。

その時だった。

『金髪勇者殿！　ご無事でありますか！』

女性の声とともに、金髪勇者の前方から一台の馬車が出現した。

馬車であるにもかかわらず、馬に引かれることなく馬車そのものが自走している。

「おぉ！　その声はアルンキーツか！」

その声に、歓喜の表情を浮かべる金髪勇者。

そう……

この馬車は、金髪勇者パーティの一員である荷馬車魔人アルンキーツが変化した馬車であった。

荷馬車魔人であるアルンキーツは、自らが触れたことがある乗物に変化する能力を持った魔人である……ただし、自らの体内魔力量があまり多くないため、巨大な乗物に変化することは出来ないのだが……

『バイトが済んだのでお迎えにあがったのでありますが、いいバイトを見つけたとかでこちらに向かわれたとお聞きし、はせ参じたのでありますが……その後方の魔獣殿はなんでありますか？』

「詳しい説明は後だ！　とりあえずこいつをどうにかしてくれ！」

金髪勇者が叫ぶと同時に、アルンキーツが変化している馬車の扉が勢いよく開いた。

そこから、ヴァランタインが勢いよく飛び出してくる。

「そういう事でしたらこのヴァランタインにお任せくださいませ、金髪勇者様ぁ」

アルンキーツの変化している荷馬車の屋根の上に飛び乗ったヴァランタインは、その手に邪の糸を発生させながら身構える。

「さぁ、金髪勇者様に襲いかかったことを地下世界で後悔なさぁい！」

両手を振り上げ、その手を一気に振り下ろす。

邪の糸がその動きに合わせて宙に舞い、魔獣に襲いかかっていく。

魔獣は、最初こそ邪の糸を食いちぎろうと勢いよく動いていたのだが、激しく動く度に邪の糸が複雑に絡みつき、徐々に身動きが出来なくなっていく。

そんな中、

「あばばばば……」

魔獣に引っ張られて宙を舞っていた女まで、邪の糸にくるまれていた。

「……む、いかん！　リリアンジュよ、あの女が持っている紐《ひも》を切れ！」

「り、了解！」

金髪勇者の言葉を受け、両肘から先を刀身に変化させたリリアンジュは、魔獣に向かって跳躍し、両腕を一閃《いっせん》。

リリアンジュの刀身では邪の糸を切ることは出来なかったが、刀身を上手《うま》くコントロールし、邪の糸を女の体から遠ざけ、握っているロープを切断した。

「ふわわわわぁ!?」

宙に舞った女が悲鳴をあげる。

その下では、次々に押し寄せてくる邪の糸によってグルグル巻きにされた魔獣が、大音響とともに倒れ込んでいった。

そして、宙を舞っていた女は、そんな魔獣の上で数回バウンドした後、

「へぶぅ！」

顔面から地面に激突した。

「おい、女よ。無事か」

金髪勇者が慌てて駆け寄っていく。

そんな金髪勇者の前で、女は、ガバッと顔を上げた。

「ぶはぁ……し、死ぬかと思いましたぁ……お、おかげでぇ、助かりましたぁ」

(……いや……あの勢いで地面に叩《たた》き付けられたのだ……よく生きていたな、この女)

顔面の砂を両手で払っている女へ視線を向けながら、金髪勇者は妙に感心した表情を浮かべた。

「金髪勇者様ぁ！　ご無事ですかぁ！」

そこに、荷馬車状態のアルンキーツから降りたツーヤが駆け寄った。

その後方からガッポリウーハーと、邪の糸の攻撃を終えたばかりのヴァランタインも続く。

「私を誰だと思っている。無事に決まっておろう」

腕組みし、自慢げな表情を浮かべる金髪勇者。

「そんな事言ってるけどさぁ、ヴァランタイン様が間に合わなかったら結構やばかったんじゃないですかねぇ?」

ガッポリウーハーが、クスクス笑いながら金髪勇者の脇腹を右肘でウリウリとつついた。

「う、うむ……そ、それはもちろん感謝している」

ガッポリウーハーの言葉に、金髪勇者は照れ隠しの咳払《せきばら》いをしながらそっぽを向く。

そんな会話を交わしている金髪勇者一行。

地面に叩き付けられていた女は、そんな金髪勇者一行の様子を見つめていたのだが、

「……あれ?　それってお仕事斡旋《あっせん》の……」

金髪勇者が握りしめている羊皮紙に気がつき、目を丸くした。

「あぁ、これか。このあたりでバイトの募集をしていると聞いてきたのだが……依頼主が見つからなくて困っているのだ……」

そう言うと、表情を曇らせる。

その言葉を聞いた女は、ぱぁっと表情を明るくした。

「それ！　私です！　その募集をしたのって私です！」

「な、何？」

女の言葉を聞き、金髪勇者は目を丸くする。

改めて羊皮紙の内容を確認し、女と羊皮紙を交互に見つめた。

「……では、お前がこの募集を出した、女調教師のテルマで間違いないのだな？」

そう、目の前に女に声をかけていく。

その言葉に、その女、テルマは、ニッコリ微笑《ほほえ》むと
「はい、その通りです。今回は私の募集に応じてくださり誠にありがとうございます。早速ですが……」

そう言いながら立ち上がろうとしたのだが……

そこで、金髪勇者が、その右手を差し出しながら、

「ちょっと待て、まだ私達は、この話を受けるとは言っていない。まずは条件を説明してほしいのだが？」

そう言い、テルマへ改めて視線を向けていく。

（……うむ……なんだかこのバイト……嫌な予感しかしないのだが……）

値踏みをするかのように、その女～テルマの様子をマジマジと見つめる。

そんな金髪勇者の前で、テルマは、

「あ、そ、それもそうですね、まさにおっしゃる通りです」

そう言うと、服についた泥を払いながら立ち上がり、軽く咳払いをした。

「改めまして、私が、募集広告を出した調教師のテルマです。今は、魔王山ぷりんぷりんパークに新設された魔獣レースに使用する巨大な魔獣を捕縛しようとしているのですが……やはり相手が巨大な魔獣では、私一人の調教能力《テイム》では上手く捕縛出来ないものですから、お手伝いしていただける方を募集した次第でして……」

そう言うと、その頭を深々と下げ

「お願いします！　依頼主との約束の期限まであまり時間がないんです。どうか手伝っていただけませんか？」

そう、金髪勇者達に声をかけた。

その言葉を、真剣な表情で聞いていた金髪勇者は、しばし思案を巡らせると、邪の糸でグルグル巻きにされている巨大な魔獣へ視線を向けた。

「……で、魔獣は全部で何体捕縛しないといけないのだ？」

「はい、四十体です」

「……それで、今までに何体捕縛しているのだ？」

「はい、一体です」

「一体？」

「はい、そうです」

「……ちょっと待て」

テルマの言葉に、表情を曇らせる金髪勇者。

「……テルマよ……まさかとは思うが、その一体というのは、今、ここに転がっている魔獣の事ではあるまいな？」

そう尋ねる金髪勇者。

そんな金髪勇者の言葉に、テルマはニッコリ微笑み返した。

「はい、その一体の事ですよ」

（……まだ、一体しか捕縛出来ていない……だと？）

テルマの言葉に、眉間にシワを寄せる金髪勇者。

そんな金髪勇者に、テルマはニコニコ微笑み続けていた。

「いやぁ、約束の期日まであと三日しかないというのに、あと三十九体も捕縛しないといけないんですよ……ね？　笑えてきませんか？」

そう言うと、テルマは、金髪勇者の前でお腹《なか》を抱えながら笑いはじめた。

そんなテルマを見つめながら、金髪勇者の額を汗が流れた。

「……いや、お前……笑い事ではないだろう？　すでに、相当やばい状態ではないか？」

「いやぁ、そうなんですけどね……最初は調教能力《テイム》でどうにか出来ると思っていたんですけど、暴れている状態の魔獣には全然効果がなくってぇ……仕方なく、これでどうにかしようとしたんですけど……」

そう言うと、先ほどまで握りしめていたロープを顔の側《そば》に寄せながら、アハハと笑い声をあげていく。

「でも、不思議なんですよねぇ……私の調教《テイム》能力も、そんなに弱いわけではないと申しますかぁ……気のせいか異常に興奮していたような気がしたのですけど……」

ロープを片手に、そんな事を口にしているテルマ。

そんなテルマの様子に、金髪勇者は苦笑した。

（……いやいやいや、笑ってる場合ではあるまい……興奮していたかどうかは別にしてだな、そのロープを使ったにもかかわらず、魔獣に引っ張りまわされて何も出来ずにいたではないか……そんな状態にもかかわらず、それ以外の手段を持ち合わせていないヤツの仕事を受けたとして……私のパーティの皆に危険が……）

思案を巡らせた金髪勇者は、大きく息を吐き出した。

「……いや、さすがにこれは……確かに上手くいけば良い金になるかもしれぬが……引き受けるわけには……」

そこまで口にした金髪勇者……だが、そんな金髪勇者の隣で、ツーヤが手にしている袋を金髪勇者に向かって誇示し続けていた。

その袋……ツーヤが財布代わりとしてに愛用している袋なのだが、その袋は傍目《はため》から見てはっきりわかるほど、すっからかんの状態だった。

（……そういえば……最近は大きな仕事をこなしていなかった、か……）

その事に思い当たった金髪勇者は、大きなため息をついた。

そんな悲惨な状態の袋を手にしたまま、ツーヤは涙目で金髪勇者を見つめる。

その目は、

（……やばそうなのは承知の上ですがぁ、なんとかお金を稼いでほしいのですがぁ……）

そう、訴えかけていた。

（……くぅ……せ、背に腹は代えられない、か……）

金髪勇者は、ため息をつきながら頭を抱えていた。

◇◇◇

数刻後……

森の中に、爆音が響いていた。

その音の発生源では、巨大な魔獣とヴァランタインが対峙《たいじ》していた。

「そろそろぉ、本気でいくわよぉ」

ヴァランタインは、そう言うと両手を天に向かって振り上げると、その両手から放出された無数の邪の糸が宙を舞っていく。

ＧＵＡ？

そんなヴァランタインの視線の先、ヴァランタインに向かって足を踏みならしていた魔獣は、ヴァランタインの両手から放出された邪の糸へ視線を向けた。

次の瞬間、魔獣の視界を塞ぐようにして、邪の糸が巻き付いていく。

ＧＵＡＡＡＡＡＡＡＡＡＡＡＡＡＡＡＡＡＡＡＡＡＡＡＡＡ!?

魔獣の絶叫に近い咆哮《ほうこう》。

邪の糸でがんじがらめにされながらも、ヴァランタインへ向かって突進する。

しかし、邪の糸が次々に巻き付いていき、魔獣の巨大な体を覆い尽くしていく。

魔獣は、必死にもがき、どうにかして邪の糸の捕縛から抜け出そうとする。

しかし、それよりも早く邪の糸は、あっという間に魔獣の体を覆い尽くしてしまい、程なくして、魔獣は邪の糸でグルグル巻きにされてしまい、身動きひとつ出来なくなった。

「ヴァランタインさん、ありがとうございます。あとはお任せください」

そこに、テルマが駆け寄っていく。

魔獣の頭の位置へたどり着くと、

「じゃ、魔獣さん。大人しくしてくださいね」

そう言うと、両手を魔獣の頭へ向け、詠唱していく。

その手の先に魔法陣が出現し、その魔法陣が魔獣の頭の前で回転していく。

すると、なんとかして邪の糸から逃げ出そうともがいていた魔獣は、徐々に大人しくなり、やがてピクリともしなくなった。

「えへへ、身動き出来ない状態の魔獣になら、私の調教《テイム》能力も効き目がありますね」

グルグル巻き状態の魔獣を見上げながら、嬉《うれ》しそうに微笑むテルマ。

そんなテルマの後方に歩み寄ってきた金髪勇者は、

「うむ……これでどうにか七体目か……」

テルマが見上げている魔獣を見つめながら、大きなため息をついていった。

「……しかしだな、テルマよ……」

「あ、はい、なんでしょう？」

「お前、仕事を受注するのはいいが……あまりにも計画性がなさすぎないか？　巨大な魔獣を捕縛する仕事を引き受けるのはいいとして、その魔獣の輸送方法を考えていないなど……」

ため息をついている金髪勇者の後方から、巨大な荷車に変化しているアルンキーツが魔獣の方へ向かって移動していく。

その荷台には、邪の糸でグルグル巻きにされ、テイムの魔法で大人しくなっている魔獣が六体乗せられていた。

「はぁい、じゃあのせるわよぉ。アルンキーツ、大丈夫かしらぁ？」

『そうでありますな……もう二、三体ならどうにかなりそうであります』

「ほいほい、んじゃ、こいつもとっととのせちまおう」

「よし、ではいくぞ……ふん！」

ヴァランタインとガッポリウーハー、金髪勇者の三人がかりで、魔獣をアルンキーツの荷台の上にのせていく。

（……もっとも、いかにも力一杯押しています！　的な表情をしているガッポリウーハーは、人族の子供並しか腕力がないため、ほとんど役にたっていないのだが……）

そんな一同の様子を見つめながら、テルマは恐縮しきりな様子で何度も頭を下げていく。

「申し訳ありません。最初は、私の調教能力《テイム》で言うことを聞かせて、引き渡し場所までついてこさせるつもりだったんです……」

説明している間も、繰り返し頭を下げ続けるテルマ。

魔獣を荷馬車へ乗せ終えた金髪勇者は、大きく息を吐き出しながらその視線をテルマへ向けた。

「しかし、テルマよ。いくらなんでも迂闊《うかつ》すぎないか？　任務達成出来そうもないこんな仕事を請け負うとは……」

そう言う金髪勇者に、テルマは、納得いかないといった様子で腕組みしながら首をひねる。

「それなんですけど……ちょっとおかしいんですよ……このあたりの魔獣って、以前来た時には、私の調教能力《テイム》で従わせることが出来たんですよ……それが、この依頼を受けて仕事に取りかかってみたらですね……今まで見たこともない魔獣達がいっぱいいるし、私の調教能力《テイム》も効かないし、で……ホント、どうなっているのやら状態でして……」

納得いかないといった様子で、何度も首をひねる。

金髪勇者は、そんなテルマの様子を見ながら、自らの顎に右手を当てた。

「……ふむ……つまり、このあたりで、今までとは違う何かが起きている、ということか？」

◇◇◇

金髪勇者一行が魔獣を積み込んでいる、その時……

少し離れた崖の上から金髪勇者一行の様子を監視しているかのような一団があった。

その先頭に、二人の女が立っていた。

大木で自らの体を隠すようにしながら、金髪勇者一行の様子を監視しつつ、忌々しそうに舌打ちをしている女。

「……まさか、アタシ達以外にここの魔獣を捕縛に来るなんて……結構な損失だわ」

黒を基調としたゴスロリ風のドレスに身を包み、その背に巨大なそろばんを背負っているその女
――ジャンデレナは、ソロバンを手に取りバチバチと球をはじき、損失額を計算しながら、忌々しそうに舌打ちを繰り返していく。


――ジャンデレナ。

闇商会の金庫番として商会の資金を一手に管理している金庫番。

ゴスロリ服を好み、巨大なソロバンを常に背負って行動している。

小柄だが非常に力が強く、いつもブツブツ呟《つぶや》き続けている。


「……このあたりってば、魔王領の中でもかなり端にあたり、人族領に近いもんだから、魔族達が不要になった魔獣を遺棄しまくっているのよね。最近オープンした魔王山ぷりんぷりんパークの魔獣レース場に、この魔獣達を持ち込めば、今なら結構な儲《もう》けになると思って来て見れば……まさか、

アタシ達を出し抜いたヤツらがいたなんて……SHIT！」

忌々しそうに舌打ちしながら、金髪勇者一行を睨《にら》み付けるジャンデレナ。

「……そもそも、闇王様も闇王様よ……やることなすことことごとく失敗しまくって……そのせいで闇商会の金庫は火の車だってきちんと報告しているっていうのに……あの駄狐《だぎつね》姉妹を使いでよこして『お金ください』って……馬鹿にすんじゃないわよ、SHIT！　SHIT!!　SHIT！！！」

舌打ちを繰り返しながら、ソロバンを持つ手をプルプルさせるジャンデレナ。

その後方で、ジャンデレナとよく似たゴスロリ衣装に身を包んでいるヤンデレナが、ただでさえ大きい黒目をクワッと見開き、右足を支点にしてグルグルと回るように踊り狂っていた。


――ヤンデレナ。

ジャンデレナの妹で、ジャンデレナの用心棒役。

姉同様ゴスロリ服を好み、いつも踊り狂っている。

オペラのように歌いながら蹴りまくり殴りまくるのを得意にしている。


ジャンデレナの怒りを代弁するかのように、ヤンデレナは高速で踊りまくる。

「邪魔邪魔邪魔邪魔邪魔する奴《やつ》らはコロスしかないわよ～ね～♪」

裏声を張り上げ、踊りの速度をさらに加速していく。

「……こんのクソ妹ぉ！」

そんなヤンデレナの顔面に、ジャンデレナの巨大なソロバンがめり込んだ。

「へごおおおおおおおおおおおお!?」

ジャンデレナのそろばんでぶん殴られたヤンデレナは、悲鳴をあげながら吹っ飛んでいく。

「……あ……ご……が……」

ヤンデレナは地面に倒れ込み、顔面を押さえながらピクピクしている。

そんなヤンデレナを、ジャンデレナは忌々しそうな視線で見下ろしていた。

「……声がでかい……バレたらどうするのよＳＨＩＴ！」

ソロバンを背負い直し、木の陰から金髪勇者一行の様子を確認する。

「……いい？　ただでさえホウタウっていう田舎町で魔獣をゲットしようとして、龍人《ドラゴニユート》とメイドに邪魔されて失敗してるんだから、ここの魔獣達を私達が捕縛して、魔獣レース場のヤツらに超高値で売りつけないと、闇商会の軍資金がかなりやばい状況なんだからねＳＨＩＴ！」

ジャンデレナはヤンデレナへ低い声で話しかける。

その言葉に、ヤンデレナは顔面を押さえながらコクコクと頷いた。

「……と、いうわけで、このあたりの魔獣を捕縛しようとする奴らには、即刻、退場願うしかないのよねＳＨＩＴ！」

そう言いながらジャンデレナは巨大なそろばんを改めて手に取り、珠《たま》を弾いていく。

首の力で飛び起きたヤンデレナが、

「じゃあじゃあじゃあ？　まぁたぁ、魔獣に特製興奮剤を注射してぇ、あの不届者者達を襲わせちゃうちゃう？　ちゃう？」

「そうねぇ……アイツらに簡単に魔獣を捕縛させないように、魔獣達を無駄に暴れさせるしかなさそうねぇ……」

珠をパチパチ弾《はじ》きながら渋い表情をするジャンデレナ。

しばらく珠を弾いていたジャンデレナだが、その指がピタッと止まった。

「……ほんっと、忌々しいわね、アイツらってば……ガッデム！」

忌々しそうに舌打ちをしながら、ジャンデレナは金髪勇者達を再び睨み付けた。

しばらく金髪勇者を睨み続けていたジャンデレナだが、不意にその口元に笑みを浮かべた。

「……そうねぇ……ちょっと良い事を思いついちゃったかも」

背負っていた巨大なソロバンをパチンと弾きながら、クククとくぐもった笑みを浮かべていた。

◇◇◇

さらに数刻後……

「あ～れ～」

ツーヤが目の端に涙を浮かべながら森の中を疾走していく。

その後方を、四つ足の魔獣が全力疾走で追いかけていた。

木々の合間を縫うようにして走っているツーヤを、魔獣は木々をなぎ倒しながらまっすぐ追いかける。

「も、もう少しぃ……ひぃぃ……」

魔獣との距離が詰まったことに、ツーヤは悲鳴に似た声をあげる。

両手を左右に広げ、内股気味の女の子走りのため、まったく加速出来ていないため、あっという間に魔獣に距離を詰められていく。

……その時だった。

「はぁい、ツーヤ様、お疲れ様ぁ」

近くの崖の上に控えていたヴァランタインが、邪の糸を放出し、その糸をツーヤの腰の辺りに巻き付かせ、その体を空中に持ち上げた。

「ヴァランタイン様ぁ、お待ちしておりましたぁ……」

ツーヤはゼェゼェと荒い息を吐き出しながら、安堵《あんど》の表情を浮かべる。

いきなり空中に持ち上げられたツーヤを前にして、その後ろを追いかけていた魔獣が悔しそうな鳴き声をあげつつ、それでも空中のツーヤを追いかける。

すると、魔獣の巨体がいきなり出現した落とし穴の中に落下した。

「よし、かかったな！」

落とし穴の中に落下した魔獣を確認した金髪勇者は、穴の近くの木の陰から飛び出すと、満面に笑みを浮かべながら、落し穴の方へと駆け寄っていく。

その手には、金髪勇者が愛用している伝説級アイテムのドリルブルドーザースコップが握られていた。

「うわぁ、すごいですねぇ」

後方から感心した表情のテルマが駆け寄り、金髪勇者に続いて穴の中をのぞき込んでいく。

穴の中に落下した魔獣は、衝撃で気絶しているらしく、ピクリともしていなかった。

穴の中を確認する金髪勇者とテルマの隣に歩み寄ってきたガッポリウーハーは、両腕を後頭部のあたりで組み合わせ、

「へへん、どうだい？　すげぇだろ？」

ドヤ顔をしながら、テルマに声をかけた。

「……いや、落とし穴を掘ったのは私なのだが……なぜ、何もしていないお前がドヤ顔をしているのだ？」

そんなガッポリウーハーの様子に、怪訝《けげん》な表情を浮かべる金髪勇者。

そんな金髪勇者に対し、ガッポリウーハーはニヘラァと笑いながら、右手をひらひらさせる。

「まぁまぁ、そこは運命共同体ってことでいいじゃないですか」

「……まったく、調子のいいヤツだな」

金髪勇者は苦笑しながら、ドリルブルドーザースコップを肩に担ぐ。

「よし、では魔獣を回収するぞ」

「あ、はい、わかりました。じゃあすぐに調教《テイム》しますね」

金髪勇者の言葉に頷くと、テルマは穴の中に向かって手を伸ばす。

そんな二人の元に、荷馬車状態のアルンキーツ、崖の上から降りて来たヴァランタインとツーヤが歩み寄ってきた。

「はぁ……はぁ……で、でも……なんで、私が囮《おとり》にならないといけないんですかぁ……」

「魔獣達も賢いですからねぇ。私やリリアンジュでは魔獣が警戒してしまいますからねぇ」

肩で荒い息を繰り返しているツーヤの横で、顎に右手の人差し指を当てながら首をひねっているヴァランタイン。

そんなヴァランタインに、ガッポリウーハーはニヘラァと笑みを向けた。

「アルンキーツは荷物運びしないといけないし、金髪勇者様は陣頭指揮しないといけないし、テルマさんは調教《テイム》しないといけないし……消去法で、ツーヤ様が魔獣の囮になるしかないってことになるじゃないですか」

「うむ、そうだな……」

ヴァランタインが邪の糸で魔獣を持ち上げるのを確認していた金髪勇者は、ガッポリウーハーの言葉を聞きながら、うんうんと頷いていく。

「うむ……そうだな、その論法でいくと、次の囮はお前でも問題ないわけだな、ガッポリウーハーよ」

「うんうん……って……へ？」

金髪勇者の言葉に、大きく頷いていたガッポリウーハーは、自分の名前が呼ばれたことに気がつき、慌てた表情を浮かべながら目を見開いた。

そんなガッポリウーハーの肩に、ツーヤがポンと手を置いた。

「そうですねぇ……じゃあ、次の囮役はガッポリウーハー様にお願いしますねぇ」

にっこり笑みを浮かべるツーヤ。

「……へ？……へ？……へ？」

ツーヤの言葉に、目を丸くしながら困惑した表情を浮かべるガッポリウーハー。

そんなガッポリウーハーの周囲では、

「では、ウーハーよ、よろしく頼むな。皆、改めて配置につけ」

「「「はい！」」」

金髪勇者の言葉を受けて、周囲に散開する金髪勇者・ヴァランタイン・ツーヤ・テルマの四人。

「へ？　え？　マジ？　マジでアタシ？」

一同の様子を、慌てた表情で見回すガッポリウーハーの脳内に、

『次の魔獣を誘導していきます』

魔獣捜査のために森の中を移動していたリリアンジュの声が響いていく。

「へ？　は？　え？　ま、マジでアタシ？」

ガッポリウーハーは周囲を見回しながら、体中から脂汗を流す。

次の瞬間、森の中から巨大な魔獣が姿を現した。

「ひ、ひえええええええええええええ!?」

木々をなぎ倒しながら突進してくる魔獣。

魔獣から逃げ出そうと、ガッポリウーハーは必死の形相で走っていく。

「お、おいガッポリウーハー！　次の穴はそっちではないぞ！」

木の陰から金髪勇者が声をあげる。

しかし、

「あああああああああああ！　無理いいいいいいいいいいいいいいい！」

逃げるのに必死なガッポリウーハーの耳に、その声は届いていなかった。

◇◇◇

「……まったく……作戦通りにやらぬか」

やっとの事で魔獣を新しい落とし穴に落下させることに成功させた金髪勇者は、ガッポリウーハーへ視線を向けながら、眉間にシワを寄せていた。

そんな金髪勇者の視線の先では、精も根も尽き果てた様子で、地面の上に大の字で転がっているガッポリウーハーの姿があった。

金髪勇者に何か言い返そうとしているのだが、息がまったく落ち着かないため、言葉を発することが出来ずにいた。

「……ガッポリウーハー様ぁ、次は私が行きますのでぇ」

そんなガッポリウーハーに、ツーヤが引きつった笑みを向けていた。

一同の横では、仕留めたばかりの魔獣を、ヴァランタインが邪の糸で持ち上げているところだった。

穴の近くに横付けしているアルンキーツの荷馬車には、かなりの数の魔獣が積み上げられていた。

「……うむ、もう一息というところか」

金髪勇者は、魔獣の数を数えながら、ふむ、と頷いた。

そんな金髪勇者の元に、テルマが駆け寄ってきた。

「本当にありがとうございます！　本当にありがとうございます！　本当にありがとうございますぅ！　この調子だと、期限までにどうにか間に合いそうですぅ」

テルマは満面に笑みを浮かべ、何度も何度も頭を下げながら感謝の言葉を口にする。

そんなテルマの近くで邪の糸をコントロールしているヴァランタインが首をひねりながら視線を向けた。

「変よねぇ……あなたが使っている調教《テイム》能力ならぁ、これくらいの魔獣達、おとなしく従わせることが出来ると思うんだけどねぇ……」

ヴァランタインがその顔に、怪訝そうな表情を浮かべる。

そんなヴァランタインの言葉に、テルマは途端に涙目になった。

「そうなんですよぉ……実際に、今までは問題なく調教《テイム》出来ていましたし、今回も問題なく出来ると思ってたんですけど……どんなに頑張って調教《テイム》してもすぐに調教《テイム》状態から覚醒してしまって、暴れ出しちゃうんですよ……落とし穴に落下して気絶していたり、邪の糸でグルグル巻きにされて身動き出来ない状態であれば、調教《テイム》出来るんですけど……なんかおかしいんですよ」

涙目のまま、がっくりと両肩を落とす。

(……ふむ、妙な話だな……まるで魔獣がいきなり凶暴になったような……)

テルマの言葉を聞き、金髪勇者は腕組みをしながら考えを巡らせていく。

『金髪勇者様、少しよろしいでありますか?』

そんな金髪勇者に、荷馬車状態のアルンキーツが声をかけた。

「うむ? アルンキーツよ、どうかしたのか?」

『はい。実は先ほどから積み込まれている魔獣達なのでありますが、その体にこんなものがついていたのであります』

荷馬車の端から小さな棚を出現させるアルンキーツ。

その棚の上には、大きな針のようなものが並んでいた。

その針はかなり大きく、針の後方には矢のような羽根がついており、遠方から射出された物と推測された。

金髪勇者は、荷馬車状態のアルンキーツへ視線を向けると、

「……なんだこの針は?」

首をひねりながら、その針を手に取りマジマジと見つめた。

そんな金髪勇者に、アルンキーツは、

『この針でありますが、テルマ殿の調教能力《テイム》が効かない魔獣達の体に漏れなく刺さっておりまして……どうも針の先に興奮剤が塗られているようでありまして……』

「ふむ……」

アルンキーツの言葉を受け、改めてマジマジと針を観察する。

「……ひょっとしたら……この針が、魔獣達にテルマの調教能力《テイム》が効かない原因なのかもしれないな」

「こ、この針が……ですか？」

金髪勇者の隣で、テルマも針を見つめていた。

その隣で、ヴァランタインも針を手に取り、その先を指先でつついている。

「そうねぇ……結構きつい興奮剤よぉ、これぇ。こんな興奮剤を注入されたらぁ、そりゃあ調教能力《テイム》なんて効くわけないでしょうねぇ」

「はぁ……そうなんですねぇ」

ヴァランタインの隣では、ツーヤもその針を観察していた。

すると、森の中から戻ってきたリリアンジュが二人の元に歩み寄り、針の先に向かって右手をかざした。

小さく詠唱すると、その手の先に魔法陣が展開し、針の先を中心にして回転していく。

索敵を得意としているリリアンジュは、調査スキルも持っており、そのスキルを使って針を調査する。

「……こ、この針はかなり厄介な代物ですねぇ……針の先に塗られている興奮剤ですが、これ、違法レベルと申しますか……場合によっては興奮しすぎて魔獣が興奮死してしまうレベルですし……これは、相当問題のある集団が関わっている気がいたしますね」

「ふむ……そ、そんなに問題のある薬剤が、この針の先に……」

金髪勇者はリリアンジュの手元に顔を寄せ、その先をマジマジと見つめる。

……ストン。

「……ん？」

その時、金髪勇者は体に妙な感触を感じたのか、その感触を感じた太股《ふともも》へと視線を向けた。

その視線の先……金髪勇者の太股には、今、金髪勇者が確認している針と、まったく同じ物が突き刺さっていた。

「な、なんじゃこりゃああああああ!?」

声を張り上げ、慌てて針を抜こうとする。

そんな金髪勇者に、慌てた様子でリリアンジュが手を伸ばす。

「だ、ダメです金髪勇者様！　その針を無理に抜こうとしたら興奮剤が一気に体に回ってしまい……魔獣ほど体が大きくない金髪勇者様ではかなりやばいと申しますか……ここはこのリリアンジュにお任せを」

そう言いながら、リリアンジュが詠唱すると、手の先に魔法陣が展開し、金髪勇者の足に刺さっている針を覆っていく。

……ストン。

「……って、あ、あれ？」

金髪勇者に刺さっている針を抜こうとしているリリアンジュは、体に妙な感触を感じたのか、その感触を感じた右腕へ視線を向けていく。

そこには、金髪勇者の太股に刺さっているのと同じ針が刺さっていた。

「こ、これは……どこかから狙われています！」

リリアンジュの言葉を受けて、金髪勇者が慌てた様子で顔をあげる。

「い、いかん!?　どこからか狙われているぞ！　皆、散れ！」

金髪勇者は、木の陰に体を隠しながら、声を張り上げた。

金髪勇者の声を受けて、他の金髪勇者パーティの面々も、慌てて木の陰に体を隠していく。

すると、まるでそれを合図にしたように、金髪勇者パーティの頭上に、無数の矢が降り注ぎはじめたのである。

「あらまぁ、ひどい事をするわねぇ」

そこに飛び出したヴァランタインが、両手の中に邪の糸を出現させ、それを金髪勇者パーティの面々が隠れている一帯に展開し、降り注いでくる矢を防いでいく。

「むぅ……あの矢はどこから飛んできている……？」

木の陰に体を隠しながら、矢の出所を探ろうとする金髪勇者。

しかし、針が刺さったままの金髪勇者は、自分の意識が混濁していくのを感じていた。

◇◇◇

「……ちぃ……防壁みたいなのを貼られちゃったわね……」

金髪勇者一行の近く、崖の上に立っているジャンデレナは、ヴァランタインが展開している邪の糸の防壁を忌々しそうに見つめていた。

ジャンデレナの後方では、その異常に大きな黒目をさらに大きく見開いたヤンデレナが、

「つい、ついついつ・い・げ・き　ですわ～！　いつでも射《う》てますわよ～ほほほほ♪」

大きな弓矢を手に、興奮剤が塗られている矢をいつでも射出出来る状態を維持しながら、独特なリズムで言葉を発していた。

攻撃全般に特化しているヤンデレナは弓術にも長《た》けており、かなり距離があるにもかかわらず、興奮剤の塗られた矢を、魔獣達に打ち込んでいたように、金髪勇者とリリアンジュにも命中させていたのであった。

今すぐにでも射出しようとしているヤンデレナの前で、ジャンデレナは背負っていた巨大なソロバンを手に取り、珠を弾いていく。

「……いえ、今は待ちなさいヤンデレナ。私の計算によると……あの糸の防壁を、あなたの矢で貫通させるのは無理……」

「え～そ～んな～の、やってみないとわかんな～い♪」

不満そうな声をあげながら、その場でクルクルと回転しながら踊るヤンデレナ。

ジャンデレナは、ソロバンを背に戻しながら、ヤンデレナへ視線を向けた。

「……心配しなくても、何発かはアイツらに当たってるわけだし……防壁の向こうで興奮剤の効果が現れるのを待ちましょう……ね?」

その口元に、淫猥《いんわい》な笑みを浮かべ、ククククと笑うジャンデレナ。

「それも、それも、それもそうですわね～ほほほ♪」

そんなジャンデレナに頬を寄せ、ヤンデレナもその顔に淫猥な笑みを浮かべた。

◇◇◇

ジャンデレナとヤンデレナが、淫猥な笑みを浮かべながら様子を窺っている最中。

防壁の内側で、ガッポリウーハーが額の汗を拭っていた。

「ふぃ～。危機一髪だったねぇ」

リリアンジュの顔を両手で押さえながら、ガッポリウーハーが安堵のため息を漏らす。

「……い、今、私は一体……」

そんなガッポリウーハーの前で、リリアンジュは何が起きたのか理解出来ていないのか、ひたすら呆然《ぼうぜん》としていた。

そんなリリアンジュの下にはツーヤが倒れ込んで……というよりも、リリアンジュがツーヤを押し倒した格好になっている。

ツーヤは、我に返ったリリアンジュの下で、安堵の息を漏らした。

「よ、よかったですぅ……びっくりしたんですよぉ。リリアンジュさんってば、いきなり目を血走らせて、私を押し倒してくるんですからぁ……」

「私が……ツーヤ様を、押し倒した？」

リリアンジュは自分の行動を思い起こそうと必死になる。

（……おかしい……あの矢が刺さったのを確認して以降の記憶がありません）

口元を押さえながら、困惑した表情を浮かべる。

そんなリリアンジュの肩を、ガッポリウーハーがポンと叩いた。

「ふっふっふ。説明してほしいよねぇ？」

「え、えぇ、それはもう……」

リリアンジュは困惑した表情を浮かべながら、ガッポリウーハーの言葉に頷く。

「いいかい？　あんたの体に刺さったこの矢だけどさ、その先に塗られている興奮剤、こいつの影響であんたってば、思いっきり興奮しちゃってさぁ、ツーヤ様に襲いかかったってわけ？」

「……は？……あ、あの……」

「まぁ、しょうがないって。この興奮剤ってさ、成分を分析してみたんだけど、生物の三大欲求を異常に増進させる効果があってさ。まず、食欲。次に性欲。んで、それらを満たしたら、最後に睡眠欲が増進されて……あぁなるわけさね」

そこで、荷馬車状態のアルンキーツに積まれている魔獣達を指さすガッポリウーハー。

「が、ガッポリウーハー……なんでそんな事がわかるのです？」

「ちょっとちょっと、リリアンジュってば、屋敷魔人を舐《な》めないでくれるかなぁ？」

びっくりした表情をしているリリアンジュに対し、ガッポリウーハーはカラカラと笑う。

「あたしってば、屋敷魔人じゃん？　人が住めそうな住居に変化してさ、そこに誘い込まれた人族や魔族を薬で眠らせて……って、まぁ、そういうのを得意にしているわけで、薬物関係にはちょおっと詳しいっていうかさ、一舐めすれば、だいたいの薬の効能を分析出来るし、その特効薬を作ることもお茶の子さいさいってなもんさね」

ドヤ顔をしながら腰に手を当て、胸を張る。

もっとも、超まな板なガッポリウーハーだけに、まったく誇示出来ていないのだが……

「そ、そうか、貴殿のおかげで私は正気を取り戻せたのか……ちなみに、その薬はどこから注入されたのだ？」

リリアンジュは体の具合を確認しながら、不思議そうな表情を浮かべている。

そんなリリアンジュの言葉を受けて、ツーヤは立ち上がりながら頬を赤くする。

「……えっと……全然覚えていないのですかぁ？」

「えぇ……薬の影響か、その記憶がまったくないのですが……」

「あはは、そりゃ残念だったねぇ」

困惑しているツーヤとリリアンジュの前で、ガッポリウーハーが楽しそうに笑う。

「アタシの場合さ、薬を体内に取り込んで、その成分を分析するわけ。んで、その特効薬も、体内で生成されるからさぁ、それを手っ取り早く送り込むには、これが一番ってわけ」

そう言うと、リリアンジュの顔を再び左右から押さえ、その唇に自らの唇を重ねると、舌をねじ込み、自らの唾液をリリアンジュの口内に送り込んでいく。

（……つ、つまり、こ、この唾液が特効薬というわけなの、か……って……つまり、先ほども、私はガッポリウーハー殿にこうやって薬を口移しで……）

ツーヤが赤くなっていた理由をようやく理解したリリアンジュは、慌てた様子でガッポリウーハーの体を引き剥がした。

ちゅぽん、と音がして、ガッポリウーハーの口が、リリアンジュの口から離れていった。

「いやぁ、まぁ、そういう事さね」

口元を右手で拭いながら、ガッポリウーハーはカラカラと笑う。

「い、いえ……その……き、緊急事態でしたので、あまりあれこれは言いませんが……だ、だからといって、せ、接吻《せっぷん》などしなくても……」

困惑した表情を浮かべながら、右手で自分の口元を拭っていくリリアンジュ。

（……ま、まさか、私のはじめての接吻が、よりにもよって同性の方とだなんて……）

頬を真っ赤にしながら、そんな考えを巡らせていたのだった。

「そ、それよりもですねぇ」

カラカラ笑っているガッポリウーハーに、ツーヤが声をかけた。

「金髪勇者様も矢を受けているのですから、早く特効薬を……出来れば、この入れ物の中にですね……」

そう言うと、水筒をガッポリウーハーに差し出していく。

「え〜、そんな入れ物に入れなくてもさぁ、直接口移しした方が手っ取り早くない？」

「でで、でもですねぇ、そういう行為は問題があるといいますかぁ」

ガッポリウーハーとツーヤがそんな言い合いをしている、その時だった。

「……あらぁ？」

邪の糸を展開していたヴァランタインは、近くに立っている金髪勇者を見つめながら、首をひねった。

ヴァランタインの視線の先で、金髪勇者は肩を上下させながら荒い息を繰り返していた。

そのまま、ゆっくりと振り返る金髪勇者。

その目は真っ赤に血走っており、その股間部分がズボンを突き破らんがばかりに隆起していた。

「お……おん……な……」

金髪勇者は獣のような声を漏らしながら、ヴァランタインへ向かってジリジリと近づいていく。

「え？　ちょ、ちょっと金髪勇者様ぁ？」

金髪勇者の異常な様子を前にして、ヴァランタインは目を丸くしながら、無意識に後退《あとずさ》りしていく。

「……ち、ちょっとこれって、まずいんじゃないのぉ!?　こ、興奮剤の影響でぇ、金髪勇者様ってば、明らかにおかしいじゃないのぉ!?」

金髪勇者の明らかに異常な様子を前にして、ヴァランタインが慌てふためく。

矢が降り注いでこないように邪の糸を上方に向かって展開している最中なだけに、その場を移動するわけにもいかず、慌てた様子で周囲を見回した。

そんなヴァランタインと金髪勇者の間にガッポリウーハーが割り込んだ。

「へへ～ん、金髪勇者様ぁ、ここはアタシ特製の特効薬を濃厚なキッスで送り込んで、元に戻してあげるからねぇ」

そう言うが早いか、唇を突き出しながら金髪勇者に向かって突進していく。

そんなガッポリウーハーを、

「……ふ……」

両手でがっしりと受け止める金髪勇者。

「は？　あ、あれ？　ちょっと、これって……」

その状態にガッポリウーハーは困惑した表情を浮かべる。

……無理もない。

何しろ、今の金髪勇者は、ガッポリウーハーを抱きしめるわけではなく、その顔面を両手で押さえ、自分に近づかないように押しとどめていたのである。

「……わ、私は、女をぉぉぉぉぉぉ！」

絶叫と同時に、ガッポリウーハーの体を合掌捻《ひね》りよろしく放り投げた。

「な、なしてやぁ!?　あ、アタシじゃ女認定されんのですかぁ!?」

ガッポリウーハーは困惑した表情を浮かべながら、豪快に宙を舞った。

『思うにでありますが……おっぱい魔人な金髪勇者でありますゆえに、絶壁なガッポリウーハー殿の事を女認定出来なかったのではありませんかな。ちなみに、自分も今は荷馬車形態でありますゆえに、ターゲットからは外れているのではないかと思うであります』

「……わ、わかりやすい解説……ありがとなぁ……ガクッ」

荷馬車形態のアルンキーツの言葉を、顔面から地面にめり込んだ状態で聞いていたガッポリウーハーは、そのまま意識を失った。

一方の金髪勇者は、興奮状態のままヴァランタインとの距離をどんどん詰めていく。

「ちょ……こ、このままじゃあ、金髪勇者様に襲われてぇ……」

邪の糸を展開しながら、困惑した表情を浮かべ続けている顔が、急にハッとなった。

(……ちょっと待って……このまま金髪勇者様に私が襲われたとしてぇ……何か問題がありますかしらぁ?　金髪勇者様にモーションをかけようとしてもぉ、いつもはツーヤ様の監視の目があって上手くいきませんけどぉ……今は、非常時……そう、あくまでも非常時ですものぉ……)

瞬時に思惑を巡らせたヴァランタインは、小さく頷くとその顔を金髪勇者へ向けた。

「みなさぁん薬の影響でぇ、我を忘れているぅ、金髪勇者様のぉ、足止めをするためにぃ、このヴァランタインがぁ、自らの身をもってぇ、頑張りますのでぇ、どうかぁ、ご容赦くださいねぇ」

ヴァランタインが必要以上に体をくねらせながら、そんな言葉を口にする。

そんなヴァランタインを前にして木の陰に隠れているテルマは、

「え、えっと……魔獣を捕縛するみたいに、その糸で金髪勇者様を捕縛しちゃえばいいじゃないですかね……」

ド正論を口にする。

……しかし、

「さぁ、金髪勇者様ぁ、遠慮なくぅ、このヴァランタインのぉ、豊満なぁ、肉体でぇ、目一杯足止めされてくださいねぇ！」

テルマの言葉を無視したまま、頬を上気させ、若干裏返った声をあげながら、金髪勇者へ視線を向け続けているヴァランタイン。

そんなヴァランタインの様子を前にして、

（……あぁ、確信犯なんですね……）

ヴァランタインの狙いを察したテルマは、どこか冷めた表情をその顔に浮かべていた。

そんなテルマの眼前で完全に正気を失っている金髪勇者は、自らの前で、体を扇情的にくねらせ続けているヴァランタインに向かって抱きつき、その胸を鷲摑《わしづか》みにしていく。

「あン、もう……これは絶対に本意ではないんです。でも、これもすべては金髪勇者様のため、暴走している金髪勇者様から皆さんを守るために、仕方なくぅ……そう、仕方なくぅ自らの身を犠牲にしているだけなんですよぉ」

明らかに、興奮した表情で声をあげながら、金髪勇者のなすがままになっている。

「さぁ、遠慮はいりませんよぉ、このヴァランタイン……金髪勇者のためにぃ、体をはってぇ、足止めさせていただきますわよぉ……そう、これはあくまでも仕方なくぅ……仕方なくなんですわぁ」

荒い息を吐き出しながら、金髪勇者にされるがままになっていた。

（あぁ、いいですわぁ金髪勇者ぁ……このまいっその事あんな事やこんな事にまで持ち込んでくださっても……そう、これはあくまでも仕方なく、致し方なくの行為なのですからぁ……）

頬を赤らめ、歓喜の表情を浮かべているヴァランタインの体を、正気を無くしている金髪勇者が揉《も》みしだいている。

その手がヴァランタインの衣装を引き剝がそうと、思いっきり引っ張られ、その豊満な胸が……

……その時だった。

「こ、こんなに明るい時間からぁ、す、スケベな事をしてはいけないと思いますぅ!!」

ツーヤの絶叫が響いた。

同時に、ツーヤが手にしているドリルブルドーザースコップが金髪勇者の顔面に思いっきり叩きつけられた。

正気を無くした金髪勇者が手放していたドリルブルドーザースコップを拾い、それを使って金髪勇者の顔面をぶん殴ったのである。

「ぐああああああああああああああああああああああ!?」

金髪勇者はすさまじい衝撃を受け、両手で顔面を押さえながら地面に倒れ込んでいく。

「き、金髪勇者様ぁ!?」

いきなりの出来事に、ヴァランタインは一瞬にして顔を青くした。

「あらぁ……い、痛そう……」

テルマも眉間にシワを寄せながら、地面の上でのたうち回っている金髪勇者を、哀れんだ表情で見つめている。

『さ、さすがツーヤ様……一切の迷いがありませんでしたな……』

荷馬車状態のアルンキーツも、引きつった声をあげている。

そんな中、金髪勇者の手で地面に叩き付けられたままピクピクしているガッポリウーハーの元へ、ツーヤは駆け寄った。

そんなガッポリウーハーの顔を両手で摑《つか》み、自らの眼前にその顔を持ってくると、両目をきつく閉じたまま、ガッポリウーハーに口づけた。

『「「「な!?」」」』

いきなりの出来事に、周囲の皆が驚愕の表情を浮かべていた。

そんな一同の前で、ガッポリウーハーに口づけをしているツーヤは、
ちゅううううううううううううう
その口の中から唾液を吸い出しているらしく、吸引音が響いた。

その状態がしばらく続くとガッポリウーハーから唇を離し、その体を再び地面の上に放り投げた。

「ひでぶぅ」

ガッポリウーハーは妙な悲鳴をあげながら、再び顔面から地面に倒れ込んでいく。

そんなガッポリウーハーの様子を気にすることもなく、ツーヤは頬を膨らませて口を閉じた状態のまま、金髪勇者の元に駆け寄っていく。

先ほど、ツーヤが手にしているドリルブルドーザースコップによって顔面をぶん殴られたばかりの金髪勇者は、顔面を両手で押さえたまま、地面の上でのたうち回っている。

そんな金髪勇者の頭を、両手でしっかりと摑んだツーヤは、

「んんん〜！」

意を決したように、金髪勇者に向かって一気に口づけた。

舌をねじ込み、先ほどガッポリウーハーの口の中から吸い取ったばかりの特効薬《だえき》を、金髪勇者の口の中に送り込んでいく。

「むぐ……むぐぐ……」

最初はツーヤの体を抱き寄せ、その衣服を剝ぎ取ろうとしていた金髪勇者だが、特効薬が流し込まれるにつれ、その動きが徐々にゆっくりになっていく。

そして、その動きが完全に停止し、大人しくなったのを確認すると、ツーヤは金髪勇者からゆっくりと唇を離していく。

「……金髪勇者様……」

ツーヤは眼前の金髪勇者の顔を心配そうにのぞき込む。

そんなツーヤの前で、いまだに辛《つら》そうな表情をしている金髪勇者……だが、

「……うむ……ツーヤよ……もう、大丈夫だ……」

薄目を開け、そう口にした。

「金髪勇者様……よかった……」

その言葉に、ツーヤは安堵の表情を浮かべる。

そんなツーヤの後方で、

「ホントぉ、よかったですわぁ、ご無事でぇ？」

ヴァランタインも安堵の声をあげた。

……だが。

その言葉を聞いたツーヤが、ゆらりと立ち上がり、ドリルブルドーザースコップを片手にヴァランタインの元へ歩み寄っていく。

ヴァランタインは、そんなツーヤに、

「あ、あらぁ？　い、いやですわぁ、ツーヤ様ぁ……さ、先ほどのあれはですねぇ、あ、あくまでもぉ、暴走していた金髪勇者様の足止めをするためにぃ、仕方なくぅ……やむを得なくぅ、自らの体を使ったといいますかぁ」

声を上ずらせながら、必死に言い訳を繰り返す。

そんなヴァランタインの眼前まで移動したツーヤは、肩に乗せたドリルブルドーザースコップを、トントンと慣らすように見せつけた。

「……あらぁ？　それにしてはぁ、なんだか妙に嬉しそうではありませんでしたかぁ？　とってもぉ、仕方なくしているとは思えませんでしたわよぉ？」

ツーヤはそう言いながら、ヴァランタインの鼻先まで、自らの顔面を近づける。

「え、えっと……あ、あの……ご、ごめんなさぁい！」

涙目になりながら、謝罪の言葉を口にするヴァランタイン。

……次の瞬間。

一帯に、ドリルブルドーザースコップが何かをぶん殴る音が響き渡っていった。

◇◇◇

「……な、なかなかぁ、気持ちいいくらい思いっきりでしたわねぇ」

ヴァランタインは真っ赤になっている顔面を気にしながら、邪の糸の防壁を維持し続けていた。

そんなヴァランタインの隣で、ツーヤは腕組みをしながら頬をプゥッと膨らませている。

「邪の糸を維持してもらわないといけないからぁ、きちんと手加減したんですからねぇ」

その手には、今もドリルブルドーザースコップが握られている。

「はいはい、ありがとうございますぅ。私もちょおっと悪乗りしてしまい、申し訳ありませんでしたぁ」

ヴァランタインは謝罪の言葉を口にしながらも、魔力を駆使して邪の糸の防壁を維持する。

そんな二人の後方で、リリアンジュが金髪勇者の上半身を抱き起こしていた。

「……やれやれ、ひどい目にあったな……」

表情を曇らせ、頭を左右に振っている金髪勇者。

そんな金髪勇者の側に歩み寄ってきたガッポリウーハーが、後頭部で両手を組み合わせながら、

「そりゃそうですよぉ。あの興奮剤ってば、結構強力でしたからねぇ。邪界の住人のリリアンジュならともかく、人種族の金髪勇者様だと、アタシ製の特効薬を飲んでも、しばらくきついと思うんだよねぇ」

「なるほど……それでこんなに……」

ガッポリウーハーの説明を聞いた金髪勇者は、納得したように頷きながら額のあたりを右手で押さえ続けていた。

そんな金髪勇者の後方から、荷馬車形態のアルンキーツが近づいてきた。

その荷台には、明らかに先ほどまでの倍以上の魔獣が積み上げられていた。

「うむ？　アルンキーツよ、その魔獣がどうしたのだ？」

『ガッポリウーハー殿が分析した興奮剤の効果ですと、薬を打ち込まれた魔獣は、最初は興奮しまくって、食欲や性欲を満たそうとするでありますが、その後睡眠欲を貪るとのことでありましたゆえ、ひょっとしたら薬を打ち込まれた魔獣達が爆睡しているのではないかと思い、見回って来たところ、案の定あちこちに転がっていたでありますゆえ、すべて回収してきたであります』

「ほ、ホントだ！　四十体以上います！」

アルンキーツの言葉を受けて、荷台の魔獣を数えていたテルマは、歓喜の声をあげた。

「ありがとうございます！　ありがとうございます！　後は、この魔獣を魔王山ぷりんぷりんパー

クの魔獣レース場へ届けるだけです！」

テルマは金髪勇者達に向かって、何度も何度も頭を下げる。

そんなテルマの様子を横目で見ながら、金髪勇者は、

「……そうだな、結果オーライだったが、どうにかなったみたいだな」

その顔に、満足そうな表情を浮かべた。

「これでぇ、魔獣も揃《そろ》ったわけだしぃ、どうやら矢も降ってこなくなったみたいだしぃ。すぐにでも魔王山ぷりんぷりんパークへ向かいませんかぁ？」

ヴァランタインが邪の糸を回収しながら、金髪勇者に向かってにっこり微笑む。

なお、その顔にはいまだにドリルブルドーザースコップの跡がくっきりと残っていた。

「うむ、そうだな……我々を襲ってきたヤツらの事が気になるが……今は依頼を終了させるのが最優先だな」

頭を振りながら、ゆっくり立ち上がる金髪勇者。

その体が、ぐらりと揺れた。

「き、金髪勇者様ぁ!?」

そこに駆け寄ってきたツーヤが、金髪勇者の体を抱きかかえるようにして支える。

「……う、うむ。すまんなツーヤよ」

「いえいえぇ、これくらい大した事はありませんよぉ。それよりも、金髪勇者様も今回はお疲れみたいですしぃ、仕事の報酬をいただいたらぁ、久しぶりに温泉にでも行ってのんびりしません

かぁ？」

「そうだな……確かに最近はバイト三昧だったし、たまにはいいかもしれんな」

ツーヤの提案に、金髪勇者が満足そうに頷く。

そんな金髪勇者とツーヤの様子を見つめていたガッポリウーハーが、

「……ありゃりゃ？　これはこれは……」

何かに気がついたらしく、金髪勇者の前に移動していくと、そこでしゃがみ込んだ。

小柄なガッポリウーハーがしゃがむと、その顔が丁度金髪勇者の股間のあたりと正対する格好になる。

「金髪勇者ぁ、全身はお疲れみたいですけどぉ、ここだけは元気みたいっすねぇ」

ガッポリウーハーがニヤニヤしながら、金髪勇者の股間を凝視している。

金髪勇者の全身は、確かに疲れ切っていたのだが、その股間部分だけは、いまだに元気なままだった。

それに気がついたヴァランタインは、その顔に妖艶な微笑みをうかべながら舌で唇を舐めた。

「……これではお苦しいでしょう？　このヴァランタインがぁ、今すぐ楽にして差し上げますわぁ。ええ、これはあくまでも金髪勇者様のためですのよ、そう、これは……」

そう言いながら、金髪勇者のズボンのジッパーに手をかけていく。

……すると、

「またそんな事をぉ！」

金髪勇者の下半身に顔を寄せようとしたヴァランタインの顔面を、ドリルブルドーザースコップで再びぶん殴る。

しかし、邪の糸を回収し、自由に動けるようになったヴァランタインは、ツーヤ渾身《こんしん》の一撃を間一髪で交わした。

「あらあらぁ？　いくらツーヤ様でもぉ、今の私の邪魔をなさるのでしたらぁ、容赦しませんですわよぉ？」

ヴァランタインは妖艶な微笑みを浮かべながら、ツーヤを見つめる。

「むぅ！」

ツーヤも改めてドリルブルドーザースコップを構え直す。

「うふふぅ」

両手をクロスさせ、ツーヤと対峙するヴァランタイン。

……その時だった。

……ぐぅ～。

緊迫した場面にもかかわらず、ヴァランタインのお腹がいきなり大きな音をたてた。

同時に、ヴァランタインの体が一回り近く小さくなった。

「あらぁ……これは、魔力不足ですわねぇ……」

元々はツーヤよりも背が高いヴァランタインなのだが、今の彼女は魔獣の捕縛や、防壁代わりに邪の糸を使いまくったために、魔力不足になっていたのであった。

元々クライロード世界ではなく、邪界の住人であるヴァランタイン。

魔素の濃度が濃い邪界で暮らしていた彼女が、魔素の濃度が低いこのクライロード世界で、自らの姿を維持し続けるためには、常時魔力を補充し続ける必要がある。

「これは、一時休戦ですねぇ。今は、一刻も早く魔王山ぷりんぷりんパークへ向かって、依頼を完結させて、魔素を補充いたしましょう」

「そうですわねぇ、そうしていただけると助かりますわぁ」

ツーヤの言葉に、小柄になったヴァランタインも頷いた。

そんな二人の様子を見つめていた金髪勇者は、

「……わ、私の事は気にしなくていいから……早く依頼を終了させるぞ」

さりげなくマントで股間を隠しながら、荷馬車形態のアルンキーツへ向かって歩いていった。

◇◇◇

程なくして、金髪勇者一行は、荷馬車形態のアルンキーツに乗り込み、森の街道を移動しはじめた。

上空が木々に覆われている場所を選んで移動しているため、崖の上に陣取っているジャンデレナとヤンデレナからは、その姿がきちんと見えなくなっている。

「……こ、このままじゃ逃げられちゃうじゃない！　ヤンデレナ！　早く弓矢を放ちなさい！　早くしないと、アイツらに逃げられちゃうわ！」

慌てた様子で、声を張り上げるジャンデレナ。

しかしその隣で、弓矢を手にしたまま踊り狂っているヤンデレナは、

「ないのないのないの〜！　すでに弓矢はすっからか〜ん！　今の私では、出来ることがないのないのないの〜！」

異常に大きな黒目を、更に大きく見開き、大粒の涙をこぼしながら踊り続けることしか出来ずにいた。

「ど、どうするのよ！　それじゃあ、アイツらを遠隔攻撃出来ないじゃない！」

ヤンデレナと金髪勇者達を交互に見つめながら、ジャンデレナが焦った声をあげる。

「だってだってだってぇ〜矢もないし〜興奮剤もないし〜出来ることはナッシング〜」

相変わらず、涙をこぼしながら踊ることしか出来ないヤンデレナ。

そんなヤンデレナを見つめながら、ジャンデレナは忌々しそうに舌打ちを繰り返し、巨大なソロバンを弾いていく。

「……こうなったら、森の入り口に待機させている荷馬車部隊のヤツらと合流して、荷馬車を積み荷ごと奪うしか……」

作戦を考えながら、ソロバンの珠をバチバチと弾いていく。

……その時だった。

計算を行っているジャンデレナの頭が何かにつままれ、そのまま宙に持ち上げられた。

「……な、何!?」

無造作に、宙に持ち上げられてしまったジャンデレナは、巨大なソロバンを両手で振り回しながら、頭をつまんでいる手を振りほどこうとする。

「ちょっと、一体誰がこんな事……を……って……え？」

自らの体を持ち上げている何者かが、その眼前に自らの体を移動させたことで、その姿を視認することが出来たのだが……その正体を目にしたジャンデレナは、真っ青になりながらその目を見開いた。

ジャンデレナの眼前には、身長が十メートル近くはありそうな巨人族の魔獣の姿があった。

巨人の魔獣は、ジャンデレナを持ち上げ、一つ目でジャンデレナの姿をマジマジと見つめながら、その顔に笑みを浮かべていた。

気のせいか、その笑顔には、どこか淫猥な感情がこめられているように見えた。

「ちょ!?……な、なんで巨人の魔獣がそんな顔してるのよ!?　ま、まさかアタシ相手に発情してんじゃないでしょうね!?　そもそも巨人の魔獣って、感情が乏しいっていうか……って……え？」

眼前に映った光景に、思わず絶句するジャンデレナ。

その視線の先、巨人の魔獣の頭部には、先ほどヤンデレナが射出しまくっていた興奮剤が塗られている矢が突き刺さっていたのである。

「……ま、まさか……アンタ……そ、その矢の影響で……」

真っ青になるジャンデレナ。

そんなジャンデレナの顔を、舌でべろ～っと舐め上げていく。

「い、いや～！　ちょ、ちょっとヤンデレナ！　は、早く助けなさい！　そもそもあなたが放った矢が原因なんですから……」

必死に声を張り上げるジャンデレナ。

その視線を、巨人の魔獣の足元へ向けていく。

……しかし、その視線の先……先ほどまで、ヤンデレナが踊りまくっていた場所に、彼女の姿はなかった。

（……あ、あのクソ妹……に、逃げやがった……）

額に青筋を浮かべながら、目を見開くジャンデレナ。

そんなジャンデレナを、にんまりとした笑みで見つめ続けている巨人の魔獣。

崖の上で、そんな事が起きているなどと気がつくこともなく、金髪勇者が乗っている荷馬車の姿は、すでに見えなくなっていたのだった。

◇数日後・とある町のとある建物◇

クライロード魔法国と、魔王領の国境近くに存在しているとある町。

その町の、裏街道の一角にあるとある建物の二階の一室に、金角狐《きんつの》と銀角狐《ぎんつの》の魔狐姉妹の姿があった。

「……と、いうわけでぇ……闇商会の作業資金を支給してほしいコン」

金角狐《きんつの》が揉み手をしながら、眼前の椅子に座っているジャンデレナに向かって何度も頭を下げる。

「こ、これもぉ、闇王様の指示によるものコン……出来ることなら、ちょっと多めにお願いしたいココン」

その隣で、愛想笑いを浮かべながら、姉である金角狐《きんつの》同様に、何度も頭を下げながら揉み手をする銀角狐《ぎんつの》。

そんな二人の視線の先……椅子にどっかと腰掛けているジャンデレナは、黒を基調としたゴスロリ風の衣装に身を包み、膝上まであるブーツを履いている足を組んで肘当てに右肘を乗せ、頬杖《ほおづえ》をついた状態で魔狐姉妹の二人を見つめていた。

その顔には苛立《いらだ》ちの表情が浮かんでおり、ジト目で魔狐姉妹を見つめ続けている。

しばしの沈黙。

（……ち、ちょっと……なんで何にも言わないコン……）

（……こ、この沈黙……っ、辛いココン……）

困惑しながらも、相変わらず作り笑いを続けながら、揉み手をしている魔狐姉妹の二人。

そんな二人を前にして、小さくため息をついたジャンデレナは、

「……資金……ねぇ……」

ようやく言葉を口にした。

「そ、そうコン」

「なる早でお願いしたいココン」

やっと反応したジャンデレナに、ここぞとばかりに身を乗り出す魔狐姉妹の二人。

そんな二人を、ジト目で見つめ続けているジャンデレナは再びため息をつくと、後方の壁に立てかけていた巨大なソロバンを手に取り、バチバチと珠を弾いていく。

……バチン、と珠を弾いていた指が、唐突に止まった。

ヤンデレナは、三度ため息をつくとポケットに手を突っ込む。

「……ん」

ポケットから取り出した金を、魔狐姉妹の二人に向かって放り投げた。

「あ、ありがとうございますコ……ン？」

その金をキャッチした金角狐《きんつの》は、満面に笑みを浮かべながら、手の中の金を確認し……そしてその場で固まった。

「ど、どうしたココン、金角狐《きんつの》お姉様……ココン？」

その様子に異変を感じた銀角狐《ぎんつの》も、金角狐《きんつの》の手の中をのぞき込み、そしてその場で固まった。

「あ、あの……」

金角狐《きんつの》の手の中には、銅貨が一枚だけ……

「こ、これは……」

魔狐姉妹は困惑した表情を浮かべながらジャンデレナへ視線を向ける。

そんな二人に、

「……資金」

投げやりに言い放つジャンデレナ。

「……コン？」

「……ココン？」

「だから、資金を渡したでしょ。とっとと行きなさい」

「……こ、コン？」

「……こ、ココン？」

魔狐姉妹はジャンデレナの言葉に、目を丸くしてその場で固まっていた。

そんな二人の様子に、忌々しそうに舌打ちするジャンデレナ。

「……だから、言ってるでしょ！　今はそれしか渡せないの！　いい！　それが今渡せる限界なの！　わかったら、とっととそれを軍資金にして稼いでいらっしゃい！」

ジャンデレナは怒気の籠もった声をあげながら、巨大なソロバンを振り上げる。

「ひ、ひぃぃ!?」

「わ、わかりましたココン」

魔狐姉妹は怒り心頭なジャンデレナを前にして、大慌てで部屋を出ていく。

二人が出ていった扉を、忌々しそうに見つめているジャンデレナは荒い息を繰り返し、再び椅子に座った。

「まったく……巨人には手籠《てご》めにされそうになるし……ヤンデレナは逃亡したままだし……魔獣で一儲《ひともう》けも出来なかったし……」

忌々しそうに言葉を続けながら、改めてソロバンを弾いていくジャンデレナ。

珠を弾く音は、その後数日にわたって建物の外まで響いていた。

◇ホウタウの街・ホウタウ魔法学校の校長室◇

まだ授業中の校内。

そんな校舎の一階にある校長室に、三人の姿があった。

「……それで、どういうご用件なのかしらねぇ？」

ホウタウ魔法学校校長であるニートは、校長席に座ったまま小さくため息をつき、応接セットのソファに座っている人物へ視線を向けた。


――ニート。

魔王ゴウル時代の四天王の一人、蛇姫《へびひめ》ヨルミニートが人族の姿に変化した姿。

魔王軍脱退後、あれこれあった後に請われてホウタウ魔法学校の校長に就任している。


「このホウタウ魔法学校に、わざわざクライロード魔法国の女王陛下がお見えになるとは……」

ニートの言葉に、ソファに座っている姫女王はにこやかな笑みを浮かべた。

「まずは、お忙しい中、突然お邪魔させていただいたにもかかわらず、こうして時間を取っていただきましたことを心より感謝いたします」

ソファに腰を下ろしている姫女王は、恭しく一礼する。

そんな校長室の扉がノックされ、中に事務員のタクライドが入ってきた。


――タクライド。

ホウタウ魔法学校の事務員を務めている男性。

学校内の補修や清掃、学費の管理、職員の給与に関する業務まですべてを一人でこなしているかなり有能な人物で、保護者からの信頼も厚い。


「え～っと……姫女王様のお口に合うかどうかわからないんですけど……」

タクライドは恐縮しながら、手のトレーの上にのせている紅茶のカップを姫女王の前に置く。

「いえ、とんでもございません。ありがとうございます」

そんなタクライドに、姫女王はにこやかな笑みを浮かべながら軽く頭を下げる。

続いて、ニートの前に紅茶のカップを置くと、タクライドは一礼して校長室を後にしていく。

「あ、タクライド。お前も一緒に話を聞いてほしいのよねぇ」

「へ？　お、俺もですか？」

「姫女王の用件によっては、お前がいないと判断出来ないかもしれないからねぇ」

「え、えっと……俺は、そこまであれこれ詳しいわけじゃないんですけど……でもまぁ、ニート校長がそう言われるのでしたら……」

そう言うと腰を曲げ、へこへこと頭を下げながら姫女王の向かいのソファに腰掛ける。

「お忙しい中、申し訳ありませんタクライド様」

「いえいえ、とんでもありません」

再び頭を下げる姫女王を前にして、慌てた様子で両手を振る。

そんな二人の様子を、校長席から見つめていたニートは、紅茶を一口、口に含んだ。

「……それで、姫女王様のご用件とは、一体なんなのですかねぇ？」

「えぇ、それなのですが……」

姫女王がニートへと視線を向ける。

「クライロード城に、新たな学校を建設しているのはご存じでしょうか？」

「あぁ、以前あった学校を新たに再編したのでしたかしらねぇ」

「はい。以前の学校は、魔王軍との戦闘に赴くための知識や戦闘能力を磨くことに特化しておりました。ですが、今は魔王軍との間に休戦協定を結ぶことが出来ており、戦闘以外の事も学ぶことが出来るように、と、新たにクライロード学院として再編しているのですが……」

一度紅茶を口に運び、一息入れ、言葉を続ける。

「……このクライロード学園では、人族の方だけではなく、魔族の方でも希望があれば学べるように、と思っているのです……ですが……クライロード城には、魔族に対してよからぬ思いを抱いている者が少なくありません。そこで、魔族の方々を、このホウタウ魔法学校で受け入れていただき、その実績を持って、城の者達《たち》を説得出来たらと思っているのでございます」

姫女王の言葉に、ニートが目を丸くする。

姫女王の前に座っているタクライドも、その言葉を聞いて口にしていた紅茶を吹き出してしまう。

「え？っと……あの……どうかなさいましたか？」

姫女王はきょとんとしながら二人を交互に見つめる。

そんな姫女王を見つめながら、ニートは、

（……あぁ、そっか……魔族を入学させるのって、まずかったのねぇ……っていうか、アタシ自身が魔族なんだけどねぇ……姫女王ってば、知らないのかしらねぇ……）

そんな事を考えていた。

すると、そんな二人に対して姫女王はにっこり笑みを浮かべた。

「……あ、もちろん、それは『表向き』ってことですので。こちらの学校に魔族の生徒さんが入学されているのは、個人的には承知しておりますので……それに、ニート校長。あなたの事も……」

「あら？　なぁんだ、そうだったのねぇ」

姫女王の言葉に、ニートは拍子抜けしたようにクスクスと笑みをこぼした。

そんなニートに、姫女王はにっこりと微笑《ほほえ》み返す。

タクライドはソファに座り、そんな二人の様子をチラチラと観察していた。

（……おいおい、勘弁してくれよ……こんな田舎の学校のことなんだから、魔族の子供達を入学させているのがばれてないと思っていたんだが……しかも、ニート校長が魔族だっていうのまでばれていたなんて……）

口元を拭いながら、その顔に愛想笑いを浮かべる。

そんなタクライドの内心を察してか、姫女王は、

「この事は、クライロード城《こちら》で上手《うま》くごまかしておきますので、ご心配は無用ですわ」

「その代わりに、ホウタウ魔法学校で、今まで通り魔族の子息を受け入れてほしい、ってことねぇ。まぁ、ホウタウ魔法学校としては何か変わるわけじゃないし、別にいいわよぉ」

「提案を受け入れていただき、心から御礼申し上げますわ」

ニートの言葉に、席から立ち上がり優雅な仕草で一礼する姫女王。

そんな姫女王へ視線を向けていたニートは、

「ところで、ちょっと確認しておきたいんだけどねぇ」

「はい？　なんでしょうか？」

「あのさぁ、ホウタウ魔法学校《ウチ》の生徒のガリルとあなた、いつ結婚するのかしらねぇ？」

「……!?」

ニートの言葉に、姫女王は思わず吹き出しそうになる。

頬を真っ赤にしながら、それでもどうにか平静を装おうと必死になっていた。

「あ、あの……そ、そういったプライベートの事は……お答えいたしかねると申しますか……で、では、用件も済みましたので、私はこれで失礼いたしますね……」

深々と一礼すると、姫女王は足早に校長室を後にする。

「あ、そ、それじゃあ、玄関までお送りいたしますので」

その後を、タククライドが慌てた様子で追いかけていく。

二人が出ていった扉を、ニートはどこか楽しそうな笑みを浮かべながら見送っていた。

「……魔族と人族の間に休戦協定を結んだ傑物だって聞いてたけどねぇ……なんだ、可愛《かわい》いとこもあるんじゃない」

そんな事を口にしながら、カップに残っていた紅茶を一息で飲み干した。

◇ホウタウの街・フリオ宅◇

夕飯前の夕暮れ時……

「じゃあ、いくよ父さん」

ガリルがフリオに向かって木刀を構える。

「うん、いつでもいいよ」

そんなガリルを、いつもの飄々《ひょうひょう》とした笑みを浮かべながら見つめているフリオ。

この日、ホウタウ魔法学校から帰宅したガリルは、フリオとの模擬戦に挑んでいた。

木刀を手にしているガリル。

右手を前に伸ばしただけのフリオ。

しばし対峙《たいじ》した後、

「……っふ！」

先に動いたのはガリルだった。

小さく息を吐き、一挙動でフリオの懐の中に入り込んでいく。

その手の木刀が、フリオの肩口を突いた……かに見えた。

しかし、次の瞬間……木刀の先にあったはずのフリオの姿が消え去る。

（……!?）

ガリルは思わず目を見開く。

次の瞬間。

ガリルの後方に瞬間移動したフリオが、ガリルの背中に手を当てた。

同時に、ガリルの体が大きく一回転し、そのまま放牧場の柵の方まで吹き飛ばされていく。

完全に不意を突かれたガリルだが、空中でどうにか体勢を立て直し、柵の前に着地した。

「さすが父さん。今のは一本取れたと思ったんだけど……」

「ガリルもすごかったよ。あまりに素早かったもんだから、上手く手加減出来なかったよ」

ガリルとフリオは言葉を交わし、互いに笑みを浮かべる。

「ガリルの突進は確かにすごいんだけど、動きが素直すぎるから読みやすいんだよ。だからその分、回避もしやすいというか……」

「そっか……やっぱり早いだけじゃ駄目なんだなぁ……」

フリオの言葉に、悔しさと残念さが同居した表情を浮かべながらガリルは立ち上がる。

その光景を、少し離れた場所で見つめている一団があった。

「ガリルくんもすごいけど、ガリルくんのお父様もすごいリンね……」

ガリルの同級生のサリーナは、目を丸くしながら今の攻防を見つめていた。


──サリーナ。

ガリルの同級生で、ガリルの事が大好きなお嬢様。

水系の魔法を得意にしている。


その隣で、いつものゴスロリ風の黒を基調とした衣装に身を包んでいるアイリステイルは、手に持っている黒兎《くろうさぎ》のぬいぐるみの口をパクパクさせながら、

「『ガリルくん、惜しかったけどやっぱり格好いい』ってアイリスが言ってるんだゴルァ!」

腹話術よろしく、そう言葉を発した。


──アイリステイル。

ガリルの同級生で、ガリルに興味津々な女の子。

恥ずかしがり屋で、ぬいぐるみを使ってでないと会話出来ない。

呪術系の魔法を得意にしている。

魔王軍四天王の一人ベリアンナの妹だがその事は秘密にしている。

そんなアイリステイルの隣で、今の光景を眺めていたサジッタは、
「はん。ガリルってば大したことないじゃん。自分の父さん相手に手も足も出ないんだからな。これじゃあ、俺の方が強くなるのも時間の問題だって」

——サジッタ。
ガリルの同級生で、ホウタウの街の名家の子息。
攻守の魔法をバランスよく使用することが出来るのだが能力は若干低め。
事あるごとにガリルをライバル視し、勝とうとしているが勝負になることはない。

ドヤ顔でそう言い、サジッタが胸を張る。
そんなサジッタを、スノーリトルが半開きのジト目で見つめていた。

——スノーリトル。
ガリルの同級生で、召喚系の魔法を得意にしている御伽《おとぎ》族の女の子。
例に漏れず、ガリルに興味津々。
魔王ドクソンの嫁候補の一人スノーホワイトの妹だがその事は秘密にしている。

「サジッタ様……偉そうに言われていますけれども、剣闘部の部活の際に、手加減してくださって

いるガリル様に手も足も出なかったのは、どこのどなたでいらっしゃいましたかしら？」

「う、うぐ……あ、あれはだな……ちょ、ちょっと俺が手加減してやっただけで……」

スノーリトルの言葉に、サジッタはしどろもどろな言い訳を並べる。

すると、サジッタの近くに霧が発生しはじめた。

その霧が大きくなると、その中からベンネエがゆっくりと姿を現した。

「……そこな小僧、いきがるでないぞ。剣闘部での模擬戦の様子、拙者も拝見しておりましたが、小僧、全力で我が主殿《あるじ》に向かっていたではないか」

ベンネエはクスクスと笑いながら、サジッタの頭をポンポンと叩《たた》く。

「そ、そんな事はない……って、いうか……い、今の俺が強いって言ってるんじゃねぇし！　そのうち追い抜くって言ってるだけで……」

そっぽを向きながら、そんな事を口にするサジッタ。

そんなサジッタに、ベンネエは、

「……うむ、良い心がけだ。最初から諦めることは誰にでも出来る。だが、諦めることなく精進を続けることは、なかなかに骨が折れること……小僧も、常日頃から精進するがよい」

幼子を諭すかのように、優しい口調でサジッタに語りかける。

「わ、わかったってば……」

その言葉を受けて、少し口を尖《とが》らせながらも素直に頷《うなず》いた。

そんなサジッタを見つめながら、ベンネエは、

（……まぁ、お主のような口だけ番長が、我が主殿に勝てる日など、何度転生してもこないでしょうけどね……）

そんな事を考えていた。

……自らの主であるガリルの事を悪く言われて、内心怒っていたベンネエだった。

そんな一同の前で、

「じゃあ父さん、もう一回お願い出来ますか」

ガリルは体勢を整え、フリオに向かって再び木刀を構える。

「うん、それじゃ、やろうか」

そんなガリルの様子に、フリオはいつもの飄々とした笑みをその顔に浮かべながら、右手を伸ばす。

その時、フリオ家の扉が開いた。

「旦那様！　ガリル！　もうすぐ晩ご飯ですよ。早くお入りなさい」

リースが声をかけると、ガリルとフリオは互いに顔を見合わせると、

「ガリル、残念だけど続きは次回ってことで」

「うん、わかった」

言葉を交わし、家に入っていく。

その途中で、ガリルは同級生達へ視線を向けた。

「みんな、応援してくれてありがとう。よかったら送っていくよ」

笑顔のガリルに対し、

「あ、いえ……その……そうリンね、出来れば今日はガリル様の家にもう少しお邪魔しても……」

サリーナは頬を赤らめ、若干声を上ずらせている。

「『寮の門限まではまだ時間があります』って、アイリステイルも言っているんだゴルァ!」

アイリステイルも黒兎のぬいぐるみの口をパクパクさせながら、腹話術よろしく言葉を発する。

「そうでございますね……き、今日はお姉様もお出かけしていますので、もしよかったら私もガリルくんと……」

頬を上気させながら、ガリルの元に歩み寄っていくスノーリトル。

女の子が、一様にガリルの元に迫っていく中。

「みんな、準備が出来たよ」

そんな女の子達の後方で、フリオがその顔にいつもの飄々とした笑みを浮かべながら右手を伸ばしていた。

その手の先で魔法陣が四つ回転しており、その中からそれぞれ黒い転移ドアが出現していた。

「一番向こうの扉がサリーナちゃんの自宅前に、二番目の扉がアイリステイルちゃんが暮らしているホウタウ魔法学校の寄宿舎前に、三番目の扉がスノーリトルちゃんの家の前に、四番目の扉がサジッタくんの家の前に、それぞれつながっているからね」

フリオの言葉に、女の子三人はゆっくりと振り向く。

（……が、ガリルくんのパパって……優秀すぎるリン……）

（……も、もう少し乙女心に配慮してほしいってアイリステイルも……）

（……ま、またこのパターンでございますか……）

内心でそんな事を考えながら、若干涙目になっている三人は、それでも、

「「「あ、ありがとうございますぅ」」」

そう返事を返すのが精一杯だった。

そんな女の子達とは違い、サジッタだけは普通に転移ドアをくぐって帰っていったのは言うまでもない。

◇フリオ宅・二階のラウンジ◇

フリオ宅は、外観だと地上三階の木製住宅。

しかし、その内部はフリオの常時発動魔法によって拡充されており、実際には地上五階・地下三階になっており、その広さも各階ごとに相当な広さになっていた。

その一階には複数の応接室と、家族全員が一度に食事を取ることが出来るリビング。

男湯と女湯に分かれている大浴槽を備えている浴場と、大食堂並の台所が備えられている。

二階から上は、個人個人の部屋になっており、夫婦は二人で一部屋。

成人前後の子供達である、ガリル・エリナーザ・リルナーザ・リスレイは一人一部屋。

まだ幼い、フォルミナとゴーロは二人で一部屋。

同じくラビッツは、父母であるカルシーム・チャルン夫妻の三人で一部屋。

ベラリオも、父母であるベラノ・ミニリオ夫妻の三人で一部屋。

ちなみに、ワインは自室よりもフォルミナ達の部屋で過ごすことが多く、ヒヤは自らの精神世界で過ごすことが多いため部屋を必要としていない。

個人個人の部屋は、それぞれ私室と寝室の二部屋で一室になっており、各階の端、階段の踊り場にはラウンジが設けられている。


そんな二階のラウンジに、ガリルとリスレイ、エリナーザの姿があった。

「いやぁ、ガリパパってやっぱ強いんだねぇ……学校の剣闘部じゃあ敵なしのガリちゃんでもまったく歯が立たないなんてさぁ」

帰宅した際の、フリオとガリルの手合わせの事を思い出しながら、感嘆の声をあげる。

そんなリスレイに対して、隣に座っているエリナーザはドヤ顔をしていた。

「当然じゃない！　なんたって私のパパなんですもの！　弱いわけがないわよ！」

反り返るほどの勢いで胸を張り、高笑いをしていくエリナーザ。

……まさにパパ大好きっ娘《こ》の面目躍如といえた。

ガリルは、苦笑しながらそんな二人を交互に見つめていた。

「そうなんだ……僕もさ、学校で特訓したり、自分でも修錬したりして、少しは強くなった気がしていたんだけど……思い知ったよ……まだまだ全然だなぁ、って」

ガリルは後頭部をかきながら、苦笑を続けている。

すると、その背後に霧が出現し、その中からベンネエが姿を現した。

「我が主殿、そんなに悲観なさることはございません。主殿ほどの剛の者に出会ったことなど、ただの一度もございません。日出国《ひいずるくに》にて、数百年もの長きにわたって修錬を続けてきたこの私が保証いたします」

（むしろ御尊父殿が規格外すぎると思うのですが……それを口にするのは主殿に対する不敬でございますし、その事は主殿ご自身が一番ご存じでしょうし……）

そんな事を考えながら、ガリルへ視線を向ける。

「ありがとうベン姉さん……でもさ」

ガリルは改めて顔を上げると、改めて周囲の皆を見回していく。

「……父さんがすごいからこそ、そんな父さんに少しでも近づきたいんだ……そうすれば、エリーさんの事をどんな事からも守ることが出来るようになると思うからさ」

そう言うと、その顔に笑みを浮かべる。

そんなガリルの言葉に、エリナーザ達もその顔に笑みを浮かべた。

「まぁ、パパを超えるなんて絶対に出来ないと思うけど、それを目標にして頑張るのはとっても良いことだと思うわよ。パパを超えることは絶対に出来ないと思うけど、ね」

意図的に『絶対に……』の部分を繰り返したエリナーザ。

それは『出来なくて当たり前なんだから、落ち込むことなく精進しなさいね』との意味合いをこめたエリナーザなりにガリルを気遣った言葉なのであった。

そんなエリナーザの意図を悟ったのか、ガリルはにっこり微笑む。

「ありがとうエリナーザ姉さん。俺なりに出来ることを頑張るよ」

「このベンネエ、主殿の修錬のためならいつでもお相手つかまつりますゆえ、いつでもお申しつけくださいませ」

「うん、その時はよろしくお願いしますね」

ベンネエに対し、笑顔で頷くガリル。

ベンネエはそんなガリルに頷き返すと、おもむろに着衣を脱ぎはじめた。

着物を脱ぎさり、さらしを緩めていく。

「え、えっと……あ、あの……べ、ベン姉さん？　い、一体何をしているんです？」

「えぇ、ですから我が主殿の修錬の準備を……」

「い、いえ……で、ですから……今日はもう遅いですので、修錬をする気はないんですけど……」

あはは、と、困惑した笑みを浮かべながら両手でベンネエの服を持ち上げている。

「あら、そうなのですか？」

そんなガリルの言葉を受けて、少し首をひねる。

すると、

「では、拙者の修錬にお付き合いいいただくということで、よろしくお願いいいたしますね」

ベンネエはにっこり微笑むと、明らかに速度をあげて着衣を脱ぎはじめた。

……しかし。

「はい、そこまで！」

エリナーザが右手をベンネエに向けて伸ばす。

その手の先に魔法陣が展開しており、その回転に呼応するかのようにベンネエの体にレオタードのような着衣が強制的に巻き付いていく。

「ほう……さすがは我が主殿の姉上様でございますね……」

クスクス笑いながら、自らの体を霧化させた。

元々思念体で、肉体を持たない存在のベンネエ。

その体を霧化させることで、自らにかけられた魔法の効果を無効化することが出来る。

それを理解しているベンネエは、再び自らの体を具現化させていった……のだが……

「……おや？　これは……」

本来であれば、霧化した時点で無効化されたはずのレオタードが、いまだにベンネエの体に装備されたままだった。

「残念ね。その服は私が解除しない限り消えないわよ」

エリナーザはにっこりと笑みを浮かべている。

そんなエリナーザの前で、レオタードの隙間に指を突っ込もうとするものの、その指は空《むな》しく滑るばかりだった。

「……なるほど……さすがは我が主殿の姉上様でございますね。ここはこのベンネエ、大人しく負けを認めて降参いたしましょう」

その顔に、やれやれといった表情を浮かべながら、潔く頭を下げた。

「……も、もう……ベン姉さんってば……」

リスレイはその様子を、両手で顔を覆いながらも指の隙間からチラ見していた。

恥ずかしがりながらも、そういった行為に興味津々なお年頃である。

そんな一同の様子を、ガリルは苦笑しながら見つめていた。

「とにかくさ、そっちの方の修錬は……」

そこまで口にしたところで、

「……ん？」

何かに気がついたガリルは、慌てた様子でポケットに手を突っ込んだ。

ガリルの手には指輪が握られており、その指輪は震動しながら明滅していた。

「ごめん、ちょっと席をはずすね。みんな、もう寝てていいから」

その顔に笑みを浮かべながら、慌てた様子で窓から外に出ていく。

窓縁《べり》で一度屈伸すると、思いっきり跳躍し、屋根の上へと移動していく。

「あらあら、ガリルってばそっちの方は……とか言ってるくせに、そういう相手にはしっかり連絡を取ってるじゃない」

そんなガリルを見送ったエリナーザは、クスクス笑っていた。

「え？　エリちゃん、さっきのガリちゃんって、一体どうしたのかな？」

「ガリルが持っていた指輪なんだけど、あれってパパが作った通信魔石が埋め込まれている指輪なのよ」

「通信魔石の……指輪？」

「そう。二個一セットで、離れていても、その指輪を持っている者同士で会話が出来る機能を持っている指輪なの。守秘機能もあって、その会話を盗み聞きすることも出来ないわけ。それが例え、クライロード城の魔法防壁で厳重警護されている中にいる人物と通話をしたとしても、阻害されないどころか、感知すらされないのよ」

　エリナーザの言う通り……

　クライロード城は、魔王軍と戦いが繰り広げられていた頃、場内にスパイが侵入したり、そのスパイが機密事項を場外へ魔法で伝達することを防ぐために、複数の上級魔導士達によって常時、強固な魔法防壁が展開されており、それは今も続いていたのである。

「そんな防壁を突破しちゃうなんて……すごい指輪なんですねぇ……」

「でしょ？　さすがパパよね。本当に尊敬しちゃうわ」

　リスレイの言葉に、エリナーザはまるで自分が褒められたかのようにドヤ顔をしながら、胸を張る。

「……あ、でも……クライロード城からってことは……ガリちゃんの通信の相手って……」

「えぇ、そうね……相手は絶対にエリーさんからね」

リスレイとエリナーザは、互いに顔を見合わせながらニンマリと笑みを浮かべた。

エリナーザは、そんなリスレイに苦笑を返すと、

「まぁ、別にいいんじゃない。エリーさんってば、暇さえあれば花嫁修業ってことでご飯を作りに来てくれているし、それにエリーさんとガリルが付き合っているのは、パパもママも公認してるんだしさ」

「……問題はあれよね……エリーさんが、この国の女王様だってことよね。ガリちゃん……エリーさんと結婚したら……クライロード魔法国の王様になるってことだもんね」

腕組みしながら、考えを巡らせるリスレイ。

そんなリスレイの前で、エリナーザは思わず吹き出した。

「ガリルが王様ねぇ……ガリルには悪いけど、まったく想像出来ないわ、ガリルの王様姿なんて。王様っていうのはね、魔法も完璧、格闘技も完璧、頭も良くて、格好良くて、何をやっても常に完璧！……そんな人こそふさわしいと思うの……」

ここでエリナーザは、両手を握り合わせながら目を輝かせる。

「つまり、それはパパのような人。それ以外にはありえないってことよ」

王の姿をしたフリオの姿を夢想しながら目を輝かせ続けている。

「……そして、その隣には……」

続けて、王の姿をしているフリオの隣に、王妃の姿で付き従っている自らの姿を夢想していた。

……ファザコンの面目躍如であった。

◇同時刻◇

「……は？」

寝室の、鏡台の前で髪の毛をとかしていたリースは、ハッとした表情を浮かべながら周囲を見回した。

「リース、どうかしたのかい？」

ベッドに腰掛けて、書物に目を通していたフリオが、リースへ声をかける。

「……いえ、気のせいでしょうか？　旦那様に対して非常に不敬な夢想をしている者の波動を感じたような気がいたしまして……」

そんな事を口にしながら、周囲を見回し続けているリース。

エリナーザの夢想にまで反応している彼女。

……旦那様大好き奥様の面目躍如であった。

◇◇◇

夢想に目を輝かせ続けているエリナーザを前にして、

（……あ、相変わらずだなぁ、エリちゃんってば）

その顔に苦笑を浮かべているリスレイ。

「……で、でも、確かにガリパパが王様にふさわしいっていうのは納得だよね。ガリパパって、元魔王のゴザルさんや、魔人のヒヤさんよりも強いんだし……」

そんな事を考えながら、リスレイは小さくため息を漏らす。

（……私もそんな指輪を持っていたら、レプターと気楽に連絡を取れるんだけどなぁ……）

ホウタウ魔法学校の同級生で蜥蜴《とかげ》族の男の子であるレプターの事を思い出しながら、再びため息を漏らす。

（……もっと仲良くなりたいんだけど、家に呼んだら確実にパパに邪魔されちゃうし……街中でデートしようとしてもどこからともなくパパが……私も、ガリちゃんみたいにパパ・ママ公認の……って、絶対にパパが許してくれないよねぇ……）

考えを巡らせながら、何度もため息を漏らしていくリスレイ。

……リスレイの父であるスレイプ……娘大好きパパの面目躍如であった。

そんな二人を見つめながら、ベンネエは、

「ふふ……皆様、若さゆえの悩みでございますね。懐かしいですねぇ」

その口元に笑みを浮かべていた。

◇数日後・クライロード城内◇

この日、ガリルはフリオと一緒にクライロード城へと出向いていた。

「そうなんだ。この間エリーさ……っと、姫女王様から連絡があって、クライロード学院の件で城に来てほしいって言われたんです」

すでにクライロード城内に入っているため、プライベートでの愛称であるエリーではなく、姫女王と呼称しているガリル。

「そういえば、子供を対象にしたクライロード少年少女騎士養成学校や、青年を対象にしたクライロード騎士団学院みたいに、いくつか分散していた学校機能を統合して、新たにクライロード学院を立ち上げたんだったね」

「うん。それで、このクライロード学院に……」

ガリルとフリオがそんな会話を交わしていると、

「やぁ、ガリル君！　待ちかねていたよ！」

そんな二人の元に、一人の男が歩み寄ってきた。

騎士の衣装に身を包んでいるその男——元騎士団長のマクタウロである。

クライロード城の筆頭騎士団長として魔王軍との戦闘の最前線で戦い続けていた猛者であり、特に元魔王軍四天王の一人であったスレイプと何度も戦い続けており、休戦協定が結ばれた今は、そのスレイプとも友好関係を結んでいた。

そんな彼は、魔王軍との間に休戦協定が結ばれたのを機に後進の育成に尽力するため騎士団を辞し、新設されたクライロード学院の初代学院長に就任していたのであった。

「マクタウロ学院長、こんなところまで出迎えてくださってありがとうございます」

フリオは、そう言うと丁寧に頭を下げた。

「マクタウロ学院長、約束通りお邪魔させていただきました」

ガリルもまた、フリオに続いて頭を下げていく。

マクタウロは、そんな二人を、うんうんと頷きながら見つめていた。

「ホウタウ魔法学校の優秀な生徒であるガリル君に訪問してもらえて嬉《うれ》しく思う。今日は、クライロード学院を心ゆくまで見学していってください」

マクタウロは、そう言いながら右手を差し出す。

その手を、まずフリオが、次にガリルがしっかりと握り返していく。

「僕はそんなにすごい生徒じゃありませんけど、とにかく今日はよろしくお願いします」

謙遜しながら、マクタウロと握手を交わすガリル。

そんなガリルを、マクタウロは優しい眼差《まなざ》しで見つめている。

マクタウロの後方に控えていた、兎人《とじん》の女――ラビアーナが苦笑を浮かべた。

「マクタウロ学院長も、怪我《けが》さえなければ教員として実技を担当したかったんですピョン。『せめて膝さえ悪くなければ』って、事あるごとに言われているピョン」

「それは当然だろう？　つい先日まで私は最前線で戦っておったのだからな……せめて、この膝さえ言う事を聞いてくれればな、この学院でもバリバリ実技指導をしてやったのだが……」

寂しそうな表情を浮かべながら、自らの右膝へ視線を向ける。

そんなマクタウロの前で、ラビアーナが腕組みをしながら怒りの表情を浮かべていく。

「もう！　マクタウロ様はもうお年なんですから、ここで管理職として大人しくしてくださいピョン！」

「何を言うか！　いざとなれば、片手でも実技指導をしてやれる！　大人しく机に座りっぱなしなど……」

「だからお年をお考えくださいピョン！　マクタウロ学院長が最前線で指揮をとられていたのはすごいと思いますし、尊敬もしておりますピョン。だからこそ、もう無理してほしくないピョン！」

ラビアーナはマクタウロに対し、本気で声を荒らげる。

マクタウロとラビアーナはまるで子供のように言い合いを続けていた。

フリオは苦笑しながら、二人のやり取りを見つめていた。

（……マクタウロさんの膝……僕の回復魔法で治すことは簡単なんだけど……ラビアーナさんはマクタウロさんが膝の怪我のおかげで無理をしなくなっていることを喜んでいるみたいだし……さて、こういう時、僕はどうしたらいいんだろう……）

そんな事を考えながら、二人を交互に見つめていた。

しばらくそのまま、二人の様子を確認していたフリオだが、いつまで経《た》っても終わりそうにないやり取りを前にして、おもむろに右手を挙げて二人の注意を引く。

「あの……お取り込み中申し訳ありませんが……一応時間も限られていることですし……そろそろ……」

「おっと、これは大変失礼いたしました。ラビアーナよ、この件に関しては後日改めて話合いをさせていただくことにして、フリオ殿とガリル君を案内するぞ」

「話合いに関しては望むところですピョン。と、いうわけで、フリオ様、ガリル様、お待たせして申し訳ありませんピョン。さぁ、こちらへお越しくださいピョン」

しっかりとマクタウロに釘《くぎ》を刺してから、ラビアーナは改めてフリオとガリルに向かってペコペコと頭を下げながら、二人を案内しはじめた。

◇その頃・ホウタウの街　ホウタウ魔法学校◇

「ホントリンね？　ホントにガリル様は、見学に行っただけリンね？」

この日、クライロード学院を見学に行くためという理由でホウタウ魔法学校を欠席したガリル。

それを受けて、サリーナはエリナーザの席の前であたふたし続けていた。

「えぇ、そうよ。ガリルはあくまでも見学に行っただけ。朝から何度もそう言ってるでしょう？」

エリナーザは少しうんざりした様子で、同じ言葉を繰り返している。

すると、そんなエリナーザの机に両手をのせ、エリナーザの眼前に自らの顔を移動させた。

「でもでもでも……、見学に行って、都会の女性に気を奪われてしまって『やっぱり気が変わった』なんて言い出されたら……サリーナどうしたらいいリン!?」

涙目になりながら一気にまくし立てると、頭を抱え込みながら再びあたふたしはじめる。

（……はぁ……もう、どうしたらいいっていうのよ……いっそのこと『クライロード学院に行くって言ってた』とでも言えばいいのかしら……でも、それを言ったら、サリーナだけじゃなくてアイリステイルやスノーリトルまであたふたしそうだし……）

あたふたし続けているサリーナをジト目で見つめながら、エリナーザは大きなため息を漏らす。

その時、ふと動きを止めたサリーナは、改めてその視線をエリナーザへ向けた。

「……ところで、エリナーザ」

「何かしら？」

「エリナーザって、この学校の首席リンよね？」

「そうね……一応そういう事になっているけど……」

するとサリーナは、エリナーザの両手をがっしりと摑《つか》んだ。

「言っておくリンけど……エリナーザもサリーナの大事な大事なお友達リン。もちろんガリル様と一緒なのが大前提だけど、エリナーザとも一緒に卒業したいと思っているリンよ。よく覚えておいてほしいリン」

真剣な眼差しでそう言うと、エリナーザの両手を握る手に力を込めていく。

「……サリーナ……」

いきなり自分の名前を口にされたことで、エリナーザは困惑した表情を浮かべていた。

（……ま、まぁ確かに……クライロード学院への転入の話は面倒くさいから断ったけど……）

その顔に複雑な表情を浮かべながら、サリーナを見つめているエリナーザ。

そんなエリナーザの前では、再び立ち上がったサリーナが、

「あ～、とにかくガリル様の事が心配リン！　早く帰ってきてほしいリン！」

エリナーザの机の前であたふたしはじめていたのだった。

◇クライロード学院・生徒会室◇

「ルルン会長！　ガ、ガリル君が来たそうです！」

ロングヘアの女生徒が、ドアを乱暴に押し開けながら生徒会室に入ってきた。

その後方から眼鏡の男子生徒も続いてくる。

「父親らしき人物と一緒に、マクタウロ学院長に案内されて建物の中へ入ってきたそうです！」

二人は、倒れ込むようにして会長席の前へなだれ込んでいった。

会長席に座っている、紫色の髪をツインテールにまとめている女生徒は、その顔の伊達《だて》眼鏡を、左手の人差し指でクイッと押し上げる。

「ロカーナもデスリスも少し落ち着きなさい。相手がいくら魔族と人族のハイブリッドとはいえ、半分は人族の血が流れている田舎者でしょう？　何をそんなに大騒ぎをしているのです」

冷めた口調でそう言い放った。

その言葉に、ロングヘアの女生徒――ロカーナと、眼鏡の男子生徒――デスリスの二人は、呆《ほう》けたような表情を浮かべていく。

「あ、あの……半分は人族の血って……」

「会長は全部人族の血じゃないですか？」

怪訝《けげん》そうな表情で聞いてくる二人を前にして、ルルンは再び伊達眼鏡を左手の人差し指でクイッと押し上げた。

「そ、それはただの言葉のあやです。深く気にするんじゃありません」

そう言うと、会長席から立ち上がるルルン。

「……ホウタウ魔法学校に在学中とのことですが……あの学校のレベルはかなり低いと聞いています。読み書きも怪しい亜人が多く通っているとの噂《うわさ》もありますし、休戦協定を受けて魔族の子息まで受け入れる予定があるとか……そんな学校の生徒が、なんでクライロード学院に来るのですかねぇ……理解に苦しみます……」

ルルンは大きなため息を吐き出した。

「……ですが、マクタウロ学院長の命令で、この生徒への挨拶と学院内の案内をするように言われていますので、会いには行かないとはいいませんけど……その子、本当にこの学院に必要な人材なのですか？　学院への転校を渋っているというのも、単純にビビっているからじゃないのですか？……そんな子に私の秘策を用いて、この学校への転校を決意させる必要が本当にあるんですの？」

「いえいえいえ、ガリルくんってば、こっちの生徒にも人気があるんですから」

「信じてくださいよ会長！」

必死に取り繕うロカーナとデスリスを前にして、ルルンは大きなため息をつきながら、再び伊達眼鏡を左手の人差し指でクイッと押し上げていった。

「はいはい、わかりました。とにかく学院長室へ行きますから、あなた達もついてらっしゃい」

「は、はい！」

「わかりました！」

会長室を出ていくルルン。

その後方に、ロカーナとデスリスも慌てた様子で続く。

三人は生徒会長室を出ると、マクタウロ学院長が待っている学院長室へ向かって廊下を歩いていった。

◇クライロード学院・学院長室◇

「ホントにこの学院ってすごいですね」

ガリルは学院長室の脇に飾ってある巨大な槍《やり》を見つめながら感嘆の声をあげていた。

「ほう？　この槍がどのような物か、わかるのかい？」

そう言いながら目を丸くするマクタウロ。

そんなマクタウロの前で、ガリルは恥ずかしそうに照れ笑いを浮かべた。

「えっと……武器の名前まではわからないのですが……ただ、この槍がすごく大きな魔力を宿している魔族の武器だというのは、感じ取ることが出来たといいますか……」

ガリルの言葉に、マクタウロは思わず感嘆の声をあげた。

「いや、すごいな……そこまで分かっただけでも相当だと思うよ。なにしろこの槍は、この学院の前身であるクライロード少年少女魔法学院を創設なさった伝説の騎士団長ジルドレッダ殿がな、当時の魔王から奪い取った槍と伝えられていてね、ある意味我が学院の自慢の法具なんだ」

「へぇ、どうりですごい魔力を感じるわけですね」

マクタウロの言葉を聞いたガリルは、目を輝かせながら槍をジッと見つめ続けていた。

フリオはソファに座ったまま、その槍へ視線を向けていた。

その槍からは、確かに魔力が漏れ出していた。

それは、この槍が強力な魔力を持った魔族を貫いたことを意味していた。


フリオは、意識を集中してその槍を凝視する。

すると、その槍の周囲にウインドウが展開し、遥《はる》か昔の戦闘現場がその中に浮かび上がっていく。

フリオの魔法によって出現したこのウインドウは、フリオにしか見えない仕様になっている。

フリオが見つめている中、そのウインドウの中では、騎士団長らしき男が巨大な魔族に向かって自らの大剣を振り下ろし、この槍を叩き落とす光景が浮かび上がっていた。

しかし、その光景を見つめていたフリオは、その顔に苦笑を浮かべた。

(……う～ん……強大な力を持っている魔族から奪ったのは間違いなさそうだけど……相手は魔王じゃなくて魔王軍の四天王よりももっと下の……そうだな、師団長クラスの魔族じゃないかな……)

ウインドウの映像を確認し、その事を察したフリオ。

しかし、空気を読んで、それを口にすることはなかった。

そんなフリオの視線の先には、その槍を物珍しそうに見つめているガリルと、その後方で満足そうに頷きながら説明を続けているマクタウロの姿があった。

コンコン

その時、学院長室のドアがノックされた。

「うむ、入りたまえ」

マクタウロは、ドアの方に向かって声をかける。

その声を受けて、学院長室のドアが開き、

「失礼しますわ」

応接室の中に三人の生徒が入って来た。

紫の髪をツインテールにまとめている女生徒——生徒会長のルルンと、副会長のロカーナとデスリスの三人である。

「マクタウロ学院長、生徒会長ルルンと、副会長のロカーナ、同じく副会長のデスリス、お呼びにより参上いたしました」

ルルンは、マクタウロへと歩みよると、その顔の眼鏡を左の人差し指でクイッと押し上げながら一礼した。それに続いて、ロカーナとデスリスも頭を下げる。

ルルン達三人を見回したマクタウロは、

「うむ、忙しい中よく来てくれた生徒会のみんな」

そう言うとマクタウロは、槍を見つめ続けているガリルの肩をポンと叩いた。

「これがな、今日この学校を見学に来てくれたガリル君じゃ」

マクタウロに肩を叩かれたガリルは、ルルン達へ視線を向けると、

「ホウタウ魔法学校のガリルと申します。よろしくお願いします」

その顔に、飄々とした笑みを浮かべながら右手を差し出すガリル。

その笑顔は、どこか父であるフリオを思わせる、そんな笑顔に近づいていた。

その笑顔に、思わずドキッとしてしまうロカーナ。

「わ、私……この学院の副会長ロカーナ……よ、よろしくね」

(……な、何よ……田舎者にしては、ちょっと格好いいじゃない……)

頬を赤くしながら、必死に平静を装いながら右手を差し出す。

そんなロカーナとは対象的に、デスリスは、

「僕も副会長、名前はデスリスっていいます。よろしくガリル君」

落ち着いた様子でそう言うと、ゆっくりと右手を差し出した。

ガリルは、槍から向き直ると一同の前で制止し、

「ガリルです。よろしくお願いします」

笑みを浮かべながら二人の右手を交互に握っていった。

最後にルルンと握手をしようとするガリル。

しかし、生徒会長のルルンだけは、何故《なぜ》かその手を差し出そうとしなかった。

それどころか、腕組みをしたままガリルを凝視し続けている。

「……えっと……」

そんなルルンに右手を差し出し続けているガリルは、困惑しながらも笑顔を崩すことなく体勢を維持し続けていた。

そんなガリルを前にして、ルルンは、一度、伊達眼鏡をクイッと押し上げた以外は、微動だにすることなく、ジッとその場に立ち尽くしていた。

ルルンの様子に違和感を感じたマクタウロは、ルルンとガリルの間に割り込む。

「う、うむ……とにかくだな、ガリルくん。この三人が我が学院の生徒代表ということになる。この後は、この三人も一緒に学院の中を案内させてもらうからな」

マクタウロはそう言うと、ガリルに向かってニッコリ微笑む。

ガリルは、右手を下ろすとマクタウロの言葉に笑顔を返す。

「ありがとうございます。では、皆さんよろしくお願いします」

その笑顔を、マクタウロから生徒会の三人へと向ける。

「いえいえ、こちらこそよろしくですよ」

「僕らでわかることでしたらなんでもお答えしますからね」

会長の異常に気がついている副会長の二人は、慌てた様子でガリルの前に移動し、何度も頭を下げる。

そんな二人の後方でルルンは、ガリルをジッと見つめながら、その場に立ち尽くし続けていた。

時折伊達眼鏡をクイッと押し上げる以外、何も行動することはなかった。


この後、ガリルとフリオは、マクタウロ、マクタウロの秘書のラビアーナ、そして生徒会の三人と一緒に学院内を回っていった。

騎乗訓練や槍術《そうじゅつ》・弓術などの実技は、クライロード騎士団が使用している施設を利用するため、クライロード魔法城内で行われるとのことで、学院の建物と離れた場所にあった。

学院の建物もクライロード城内に建設されているのだが、訓練施設からは離れた場所であり、石造り三階建ての校舎が二棟、その周囲には実習棟や魔法実践場などの施設が併設されていた。

それらの施設をマクタウロと生徒会のメンバーが中心になってガリルとフリオに説明していく。

「……で、ここが剣の手入れの仕方を学ぶ施設になる」

マクタウロがそう言うと、

「そう言えばロカーナってば、こないだここで剣の鍛え直し方の練習してたら剣を曲げちゃったんだよね、相変わらず馬鹿力だよな」

「ちょ!? デスリス! そんな無駄情報言わなくてもいいでしょ!?」

デスリスの暴露話に、ロカーナは顔を真っ赤にする。

そんな感じで、生徒会副会長の二人が中心になって、ガリルに校内の施設を説明していく。


今日は平日のため、教室では通常の授業が行われていた。

そんな授業中の教室の横をガリルが通っていくと、

(……ちょっとあれ、噂のガリル君じゃない!?)

(武道大会ですっごい活躍したんだよね?)

(相変わらずイケメンだなぁ……)

(で、でも、な、なんで今日ここにいるの!?)

(あぁ、授業中じゃなかったらお話ししたい!)

(……いっそのこと、ちょっと抜け出して……)

(ちょっと! 抜け駆けは許さないからね!)

教室の中では、女子達のそんなひそひそ話が充満していたのであった。

その光景に、ガリルは苦笑することしか出来なかった。


……そんな中、学院の見学は、半日で終了した。

学院訪問を終えたフリオとガリルは、校門前に移動していた。

そんなガリルを見送るために、マクタウロとラビアーナが校門まで出向いていた。

「今日は駆け足での説明で申し訳なかった。ただ、見てもらえて理解してもらえたのではないかと思うのだが、このクライロード学院は施設も設備もすべて最新の物を導入しており、教員も実技経験もしっかりしている者達で固められている。

ガリル君の鍛錬の助けになれると自負している。いつか君がこの学院で学び、鍛錬し、仲間達と切磋《せつさ》琢磨《たくま》する日が来ることを楽しみにしている」

マクタウロはそう言うと右手を差し出した。

ガリルは、そんなマクタウロの手をしっかりと握り返した。

「ありがとうございます。ただ、以前にも申し上げましたように、僕はまず、ホウタウ魔法学校でしっかり勉強しようと思っていますので。今後は、合宿という形で、ホウタウ魔法学校の仲間達と一緒に勉強に来させていただけたらと思っています」

その顔に、飄々とした笑みを浮かべるガリル。

その笑顔に、マクタウロは自らも笑顔を返す。

「そうだね。合宿の件も、姫女王様から聞いている。近日中に、こちらの受け入れ体制を整えておこう」

ガリルは、マクタウロの後方に立っているロカーナとデスリスへも声をかけていく。

だが、そこには会長である、ルルンの姿が消えていた。

「おや……ルルンがおらんようじゃが……まぁ今日はよいか。では、ガリル君、フリオ殿、今日は

「ご足労いただき本当にありがとうございましたな」

そう言うと、マクタウロは頭を下げる。

そんなマクタウロに、フリオとガリルも改めて頭を下げた。


「……で、ガリルくんは、馬車で帰るんですか？　あ、それとも定期魔導船？」

ロカーナの言葉に、フリオは、

「あ、いえ、私達はこれで帰宅しますので」

いつもの飄々とした笑みを浮かべながら、右手を前に差し出した。

詠唱すると、それに呼応して大きな魔法陣が展開する。

ゆっくり回転していく魔法陣の中から巨大なドアが出現した。

「え？　あ、あれって、まさか……」

「……嘘《うそ》？　て、転移ドア？」

その扉を前にして、ロカーナとデスリスは目を丸くする。

そんな二人の前で、フリオが扉を開けた。

すると、その向こうにはフリオ家の玄関前の光景が広がっていた。

「では、失礼します」

笑みを浮かべながら、扉の向こうへ移動する。

「皆さん、またお会いしましょう。エリーさんにもよろしくお伝えください」

フリオに続いて、ガリルも挨拶をしながらドアの向こうへ移動していく。

程なくして、ドアが閉じられると、ドアも魔法陣も瞬時に消え去った。

「……え？　ちょ、ちょっと待ってください……ここ、クライロード魔法城内ですよね？」

「お、お城の魔導士さんが結界魔法を展開していて……転移魔法は無効化されるんじゃ……」

ロカーナとデスリスは、信じられないといった表情のまま、先ほどまで転移ドアが出現していたあたりを見つめ続けていた。

「これが、フリオ殿とガリルくんだよ」

そんな二人に、頷きながら言葉をかけるマクタウロ。

だが、そこで首をひねりながらラビアーナへと視線を向けた。

「……ところで、ガリルくんが言っていた『エリーさん』というのは、誰の事だ？」

「さあ？　知りませんピョン」

マクタウロの言葉に、ラビアーナも首をひねりながら困惑した表情を浮かべた。

姫女王の愛称がエリーであることは、一部の人しか知らなかったのだが、その事を失念していたガリルだった。


しばらくの間、地面を見つめていたロカーナとデスリスは、ハッとしたように、顔を見合わせた。

「ちょ、ちょっと待って……会長どこ行ったのよ？　ガリル君をクライロード学院への転校を決意させるために会長が得意にしている魅了《チャーム》魔法を使うって言っていたのに……肝心な会長が、一言も喋《しゃべ》らないし、途中で姿を消しちゃうし……何がどうなってるのよ!?」

「そ、そんな事……僕に言われてもわかんないって……会長室じゃあやる気満々だったのに……」

「あぁ、もう！　ガリル君のようなイケメンが……じゃなかった、優秀な生徒が入学してくれたら、クライロード学院のみんなのいい刺激になるはずなのに！」

ロカーナとデスリスは、互いに顔を突きつけながら、小声で言い合いを続けていた。

その光景に気がついたマクタウロが、首をひねった。

「どうかしたのか？　二人とも？」

「い、いえいえいえ」

「な、なんでもないです、マクタウロ学院長」

マクタウロに声をかけられたロカーナとデスリスは、慌てた様子で裏返った声をあげながら、同時に首を左右に振った。

◇同時刻・学院内の女子トイレの一室◇

案内の途中で行方不明になったルルン。

彼女は、女子トイレの中にいた。

その姿は先ほどまでの人族の姿ではなく、青白い肌をした魔族の姿となっていた。

「……サキュバス族と人族のハイブリッドであるこの私……ルルンともあろう者がなんて情けない……」

ルルンは、伊達眼鏡を左手の人差し指で何度も何度も押し上げながら、ブツブツ呟《つぶや》き続けていた。

……その顔は真っ赤になっていた。

その脳裏に、ガリルの笑顔が浮かび続けていた。

その笑顔を思い出しながら、ルルンはさらに頬を赤くする。

思い出せば思い出すほど、顔の赤さが増していく。

「ま……ま……ま……まさか……サキュバス族のエリートとして、クライロード学院の特待生として迎え入れられたこの私が……あ、あ、あ、あんな田舎者に、ひ、ひ、ひ、一目惚《ひとめぼ》れしたというの？……まさか……そ、そんな……」

呟きながら、両手で頬を押さえる。

「あ、あ、あの男の子を見ていたら、感情が暴走してしまって、一言も発することが出来なくなるばかりか、人族の姿を保っていられなくなるなんて……こ、こ、こ、言葉を発することが出来なくなったのは仕方ないとして、せ、せ、せ、せめて最後までご一緒したかったのに……」

ルルン——魔族であるサキュバス族と人族のハイブリッドである彼女は、クライロード魔法国が推し進めようとしている人族と魔族の友好施策の一環として、クライロード学院に迎え入れられた生徒の一人であった。

当初は、ハーフのためホウタウ魔法学校への編入を打診されていたのだが、

『私のようなエリートが、そんな田舎学校なんて！』

と、拒否したため、当分の間、素性を隠した状態でクライロード学院に通うことになっており、マクタウロだけはその素性を知らされていたのだった。

そんなルルンは、トイレの中で顔を赤くしたまま、立ち尽くし続けていた。

「こ、こ、こ、こんな事なら、変な意地を張らないで、最初からホウタウ魔法学校に入学していればよかった……ガリルきゅん……」

◇◇◇

「……うわっ⁉」

急に身を震わせたガリル。

「ガリル、どうかしたのかい?」

フリオが心配したように声をかけた。

そんなフリオに、ガリルは苦笑する。

「ごめん、父さん。なんか急に背筋がぞぞっとしたもんだから……うん、全然大丈夫だから」

力こぶを作って見せる。

そんなガリルに、フリオはいつもの飄々とした笑顔を向けた。

「それで、今日はどうだった? ガリル」

「うん、色々面白かったかな……でも、ルルンさん……あのサキュバス族と人族のハーフの人、なんで途中でいなくなったんだろう？」

「おや？　ガリルはあの女の子がサキュバス族のハーフだってわかっていたのかい？」

「うん、だって結構魔力が漏れていたしさ」

「いや……確かに漏れてはいたけど、かなり微弱だったはずだが……」

「そっか……やっぱり魔族のみんなと一緒に暮らしているから、感知しやすくなったのかな」

ガリルとフリオはそんな会話を交わしながら、玄関に向かって歩いていく。

「あ!?　ガリル様リン！」

すると、街道の方からサリーナが駆けて来た。

その後方には、いつもガリルと一緒に登下校しているホウタウ魔法学校の同級生のみんなが続いていた。

「あれ、サリーナ？　それにみんなもどうしたの？」

ガリルは、一同に向かって声をかける。

すると、サリーナはジャンプしてガリルに抱きついた。

「ガリル様！　転校なんてしないリンね？　ホウタウ魔法学校で卒業まで一緒リンね？」

ガリルに抱きついたまま、何度も何度も同じ言葉を繰り返す。

そんなサリーナを抱き止めているガリルは、

「うん。僕はホウタウ魔法学校で卒業するよ。クライロード学院はその次にするつもりなんだ」

そう言うと、その顔に飄々とした笑みを浮かべた。

その言葉を受けて、サリーナはぱぁっと笑顔になる。

『アイリステイルも嬉しいって言ってるんだゴルァ！』

黒猫のぬいぐるみの口をパクパクさせながら、腹話術よろしく言葉を発しながらガリルに抱きつくアイリステイル。

「嬉しいですわぁ！　このスノーリトル、在学中にきっとガリル様と将来を誓い合える間柄に……」

「ちょ～!?　スノーリトル！　どさくさ紛れに何を言ってるリン！」

とんでもないことを口にするスノーリトル。

その口を、サリーナが大慌てで両手で押さえていく。

そんな一同の後方で、サジッタは腕組みをしていた。

「へ……お前なんていいてもいなくても別に関係ないけど……でも、一緒に頑張ってやってもだな……」

そんなサジッタの脇を、レプターが肘でつついていく。


――レプター。

蜥蜴族の男の子。

大柄で、素っ気ないように見えてみんなの事をよく見ている優しさを持つ。

ちなみに、リスレイととっても仲が良い。


「ちょ!? な、なんなんだよ、レプターってばよ」

「こういう時くらい、素直に『嬉しい』って言えばいいんだって」

「ちょ、そ、そんなんじゃねぇってば……そ、そんな事よりお前はどうなんだよ」

「俺？」

「そうだよ、お前とリスレイはどうなってるんだよ、実際のとこ！」

「ちょ!? な、何を言ってるんだ、おい!?」

「そんな事を言っても騙《だま》されねぇぞ！ お前とリスレイが付き合っているのは知ってるんだからな！」

「ちょ！ こ、ここでその話はまずいんだって」

顔面を真っ青にしながらサジッタの口を押さえにかかるレプター。

ドドドドド……

二人の耳に、妙な音が聞こえてきた。

「な、なんだあの音は？」

きょとんとしているサジッタ。

その隣で、レプターはさらに顔を青くする。

「やべぇ……来た……」

レプターは、前方を見つめながら唾を飲み込む。

その視線の先、放牧場の最深部から何かが走ってくるのが見えた。

ドドドドド……

それは、体を真っ赤に染め、下半身を馬状態にしているスレイプだった。

「やべぇって……リスレイのパパって、リスレイの事になると見境がなくなるんだって」

レプターは慌てた様子で街道の向こうに駆けていく。

「小僧～！　貴様、まぁだワシのリスレイにちょっかいを～！」

その後方を、スレイプがすさまじい勢いで追いかけていく。

街道を進み、丘を越え、森に入る手前あたりでレプターの悲鳴が聞こえてきたのは、数秒後のことだった。


ガリルはその光景に苦笑しながら、改めてみんなへ視線を向けていく。

「みんなが来てくれているんだったら、なにかお土産買ってくればよかったね。ごめん、なんも買ってないや」

申し訳なさそうに、頭を下げる。

そんなガリルに、フリオはいつもの飄々とした笑顔を向けた。

「それじゃあ、みんなに晩ご飯を食べていってもらったらどうだい？　今言えば、リースも準備してくれるんじゃないかな？　転移魔法で送ってあげるから、遅くなることもないと思うし」

そう言ってフリオは子供達を見回していく。

「はい！　サリーナお邪魔しますリン！」

そんなフリオの言葉に、サリーナは躊躇《ちゅうちょ》なく右手を上げた。

『アイリステイルもお呼ばれするって言ってるんだゴルァ！』

「じゃ、じゃあ、私もお邪魔させていただきますわ」

「ふ、ふん……仕方ないから、俺も一緒にお邪魔してやるよ」

ガリルに向かって、それぞれ言葉をかけていく一同。


フリオ家の前では、ホウタウ魔法学校の生徒達の楽しそうな声が響いていたのだった。

第五章 新たな町とお祭り

◇ホウタウの街・フリオ宅◇

早朝。

ブロッサムの朝は超早い。

空は徐々に明るくなってきてはいるものの、夜明けまでにはまだかなりの時間がありそうだった。

そんな中、ブロッサムは、いつもの時間にベッドからむくりと起き上がった。

「……ふわぁ……」

ベッドから起き出したブロッサムは、あくびをしながら大きく伸びをする。

フリオ宅に居候しているブロッサムの部屋は真ん中で仕切られており、一室が居間、もう一室が寝室になっている。

その寝室に置かれている大きなベッドの中で上半身を起こしたブロッサム。

一糸まとわぬ姿で眠るのがいつものスタイルである彼女だけあって、今朝もその体は生まれたままの姿であった。

「さぁて、今日も農作業を頑張るか……って……ん?」

ベッドから下りようとしたブロッサムは、その体に違和感を覚えた。

腰のあたりに重さを感じたブロッサムは、自らの腰へ視線を向けた。

農作業によって、男顔負けの筋骨隆々な肉体のブロッサム。

シックスパックに割れている腹筋のあたりに、小さな手が抱きついていた。

ブロッサムの視線の先には、小柄な女の子の姿。

ブロッサムの腰に抱きついて眠っているその女の子は、ブロッサムが上半身を起こしたにもかかわらず、その腕を離すことなく、ブロッサムの体と一緒に起き上がっていた。

「っと……そういえば、昨夜はコウラと一緒に寝たんだっけ」

昨夜の事を思い出したブロッサムは、その顔に優しい笑みを浮かべながら、自らの腰に抱きついたまま眠り続けているコウラを見つめていた。

（……なんか、妙に懐かれてるんだよなぁ……まぁ、コウラちゃんがいいのなら、別にいいんだけど……）

そんな事を考えながら、ブロッサムはコウラの頭を優しく撫《な》でていく。

その時だった。

ブロッサムの部屋の扉が、勢いよく開かれた。

「おはようブロッサム殿。コウラを迎えに来たぞ！」

ブロッサムとコウラがいる寝室は、出入口があるブロッサムの自室の隣にあり、自室の中にある寝室へ通じている扉から入る必要がある。

「あ、あぁ、ウーラさんか……って……」

隣の自室にウーラが入って来たことに気付いたブロッサムは、扉へ笑顔を向けた……のだが、そ

こで自分が素っ裸であることを思い出し、

「ちょ、ちょ～っと待った！　ウーラの旦那！　少しだけ、少しだけ待ってくれ！」

扉に向かって駆け出し、取っ手を全力で押さえていく。

「う、うむ？　どうかしたのかブロッサム殿よ」

「いや、あの、ちょっとまずいっていうか……詳しい事情は言えないんだけど、ちょっと待ってくれないか」

「うん？　どうかしたのか？　遠慮せんでも手伝うぞ」

「あ、いや……て、手伝ってもらう必要はないっていうか……」

「そんなに遠慮せんでもよい。ほれ、扉を開けるのじゃ」

「い、いや……だから、それがまずいんだって……」

扉を挟んで、扉を開けようとするウーラと、開けさせまいとするブロッサムの間で激しい攻防が繰り広げられていた。

そんな騒動が起きているにもかかわらず、コウラはブロッサムが使っていた毛布を抱きしめたまま眠り続けていた。

◇数刻後・鬼の山の麓◇

数刻後。

フリオは、鬼の村がある山の麓に立っていた。

「村も、ずいぶん大きくなったなぁ」

そう言いながら、フリオは山を見上げる。

その言葉通り、この場所に山ごと移転してきた当初、村は山の山頂付近に固まって建築されていたのだが、今では山の麓にかけてかなり多くの家屋が建築され、その合間には農場や果樹園が造成されており、多くの魔族達《たち》がそこで働いていた。

そんなフリオの隣で、リースが、

「これも、行き場を無くした魔族達を広い心で受け入れておられる旦那様の偉業でございますね」

ドヤ顔をしながら山の様子を満足そうに見つめ続けていた。

牙《が》狼《ろう》族の尻尾が具現化しており、それが嬉《うれ》しそうに左右に揺れている。

（……ふふふ、着々と戦力の増強が行われておりますわ）

そんな事を内心で考えているリース。

……だが、

（……リース……心の声が漏れているんだけど……）

リースの心の声を耳にしてしまったフリオは、その顔に苦笑を浮かべていた。

（……まぁ、でも……戦力云々《うんぬん》はともかく、生活に困っていた魔族の人達の役に立てているのは、僕としても嬉しいんだけど……）

元々、ウーラが長として管理していたこの村……

元々は、仕事を無くして山賊まがいの蛮行を行っていた魔族達をウーラが保護し、生活の面倒をみていたのだが……大人数の生活を安定して維持するのが難しく、長であるウーラが自ら生活資金を稼ぐために東奔西走し続けていた。

それが、フリオの好意により村を山ごとこの地に移動し、ブロッサムの農園の仕事やフリース雑貨店の仕事などを任せてもらえるようになった。

その結果、住人全員が安定した生活を送ることが出来るようになり、その噂《うわさ》を聞きつけた魔族達が村に集まりはじめていたのであった。


そんな事を考えながらフリオが山を見上げていると、

「おぉ、誰かと思ったらフリオ殿じゃないか!」

後方から大きな声が聞こえてきた。

フリオが振り返ると、ウーラが笑顔で歩み寄ってくる。

その隣にはブロッサムが立っており、その手をコウラがしっかりと握りしめていた。

「ウーラさん。それにブロッサムとコウラちゃんもおはようございます」

「あぁ、フリオ様おはようございます。ほら、コウラも挨拶しな」

「……うん、おはよ……」

ブロッサムに促されて、フリオにぺこりと頭を下げるコウラ。

恥ずかしいのか、ブロッサムの足の後ろに隠れるようにしながら、小さく頭を下げていた。

そんなコウラの様子に、ブロッサムは笑みを浮かべながら頭をくしゃくしゃっと撫でる。

「あはは、ずいぶん挨拶出来るようになったね。えらいなコウラは」

ニカッと笑みを浮かべるブロッサム。

褒められたのが嬉しいのか、コウラは頬を赤く染めながら少し嬉しそうな表情を浮かべる。

そんな一同の様子を、フリオはいつもの飄々《ひょうひょう》とした笑みを浮かべながら見つめていた。

「どうにか、鬼の村も軌道に乗ってきましたね」

「あぁ、これもみんなのおかげじゃ」

フリオの言葉に、ウーラは嬉しそうな笑みを浮かべる。

「以前は、ワシや一部の住人が傭兵《ようへい》仕事をこなして村の維持費を稼ごうとしていたのじゃが、これがなかなか難しかった……そんな時に、村を山ごとここに移転してくれて、村のみんなが働ける農場仕事や、フリース雑貨店の仕事を斡旋《あっせん》してくれたおかげで、村の維持費を賄うどころか、今では働き口を無くした魔族達を受け入れることが出来るようになったんじゃからな」

ガハハと笑いながら、フリオの肩をバンバンと叩《たた》くウーラ。

「それを言うなら、アタシもすっごく助かってるよ」

そんなウーラの横で、ブロッサムも嬉しそうに笑みを浮かべた。

「鬼の村のみんなが手伝ってくれるようになったから、農園を一気に拡張出来たし、山の傾斜を使った果樹園も作ることが出来たんだしね」

ブロッサムが嬉しそうに笑いながら、ウーラの肩をバンバンと叩く。

女性にしては背が高く筋肉質なブロッサムだが、今は人族の姿をしてはいるものの、元々鬼族で屈強な肉体を誇るウーラは、そんなブロッサムよりもかなり大柄だった。

普通の女性であれば、その体格差で気後れしかねないのだが、ブロッサムはそんな体格差を気にする風でもなく、楽しそうな様子でウーラの肩をバンバンと叩き続けていた。

「おぉ、そうじゃそうじゃ、フリオ殿よ、仕事の前にひとつ相談があるのじゃが」

「相談、ですか?」

ウーラの言葉に、首をひねるフリオ。

「うむ、実はじゃな。村の祭りをしたいと思っておるのじゃが、許可してもらえるじゃろうか?」

「祭りですか?」

「そうじゃ。ワシの村では、毎年祭りをしていたんじゃ。屋台を出したり、踊りを踊ったり、酒を酌み交わしたりと、まぁ、みんなでどんちゃん騒ぎをするわけなんじゃが……恥ずかしい話なのじゃが、最近は資金難で、開催出来ていなかったのじゃ」

「それが、旦那様のおかげで村の資金にも余裕が出来たので、お祭りを……と、いうわけですか?」

「うむ、その通りなんじゃ、リース殿よ」

ウーラの言葉に、ウンウンと頷《うなず》くリース。

「旦那様。私はいいのではないかと思いますわ。お祭りを行うことで、戦意向上をはかることが出来ますし」

具現化させた尻尾を振りながら、リースが笑顔で頷く。

（……いや、あの……お、お祭りに戦意向上を求めなくてもいいんじゃないかなぁ……）

そんなリースを見つめながら、フリオは思わず苦笑した。

「……でも、そうですね……せっかくですから、ホウタウの街の皆さんも招待して、賑《にぎ》やかにするのもいいかもしれませんね」

改めてウーラへ視線を向け、その顔にいつもの飄々とした笑みを浮かべる。

「おぉ、それはいい！　せっかくの祭りじゃし、賑やかになるに越したことはないからな！」

楽しそうに笑いながら、ウーラは腕をブンブンと振り回した。

「うむ、そうと決まれば、善は急げじゃ！　今日の仕事をとっとと終わらせて、祭りの準備をはじめんとな！」

「ウーラの旦那、張り切ってるねぇ」

「そりゃそうじゃ！　鬼族にとって祭りは最高の娯楽じゃからな！　ブロッサム殿もきっと気に入ってくれるはずじゃ」

「へぇ、そう言われると俄然《がぜん》楽しみになってくるなぁ。もちろんアタシも手伝うからな」

「あぁ、よろしく頼むぞ！」

楽しそうに笑顔を交わし合うウーラとブロッサム。

すると、そんな二人の間に、コウラがテテテと割り込んできた。

「……お父、コウラも頑張るから」

「おぉ、もちろんじゃ！　コウラもしっかりお手伝いしてくれよ！」

「んじゃ、アタシもコウラちゃんの手伝いをするからな」

ウーラとブロッサムは、ニカッと笑いながらコウラの頭を同時に撫でる。

二人に頭を撫でられながら、コウラは嬉しそうに微笑《ほほえ》んでいた。

◇ホウタウの街・フリオ宅◇

フリオ宅のリビング。

この日も、フリオ家のリビングには、一家の皆が集まって朝食を食べていた。

「お祭り……ですか？」

スープを口に運んでいたエリナーザは、ブロッサムへ視線を向けていた。

「そうなんだよ。ウーラの旦那がさ、村が軌道に乗ってきたのを記念して、お祭りをするっていうんだよ。それでさ、みんなにも協力してもらいたいって思っててさ」

興奮した様子で、食事を終えたばかりのみんなに向かって熱弁しているブロッサム。

その言葉に、食後のお茶を口に運んでいたカルシームは、

「うむうむ、よいではないかの。村のみんなも楽しめるじゃろうし」

ウンウンと頷きながら、ブロッサムへ視線を向ける。

ちなみに、カルシームの頭上には娘のラビッツが抱きついているのだが、幼いラビッツは夕食をお腹《なか》いっぱい食べたせいで眠くなったのか、カルシームの頭にしっかりと抱きついたまま寝息をたてていたのだった。

そんなカルシームの隣で、ウリミナスもウンウンと頷いていた。

「せっかくニャし、ウチの店からも出店したらいいんじゃニャいかニャ」

「お祭り楽しそう！　フォルミナも行くの！」

ウリミナスとゴザルの娘であるフォルミナが椅子から立ち上がり、笑顔で両腕を振り上げる。

その隣に座っているバリロッサとゴザルの息子であるゴーロは、そんなフォルミナへ視線を向け、

「……フォルミナお姉ちゃんが行くのなら、僕も」

そう言いながら、カップの飲み物を飲み干していく。

「そうね、そういう事なら、アタシもお手伝いするわ」

片づけの手伝いをしていたリスレイも、笑顔で声をあげる。

そんなリスレイを、スレイプが後方から抱き上げた。

「がっはっは！　ワシもリスレイのために張り切るかぁ」

「ちょ!?　ちょっとパパ！　は、恥ずかしいからそういうの辞めてってば!?」

いきなり抱き上げられ、顔を真っ赤にするリスレイ。

スレイプはそんなリスレイの様子などお構いなしとばかりに、リスレイの体を持ち上げ左右に振りまくっていた。

「スレイプ様ぁ、リスレイが恥ずかしがっていますからぁ、そういうのは他の皆さんがいない時にしてあげてくださぁい」

そんなスレイプの隣で、ビレリーがのんきな声をあげる。

「ちょ!? ママってば、は、恥ずかしがっているんじゃない！　嫌がっているんだってば！」

そんなビレリーに向かって、更に声をあげるリスレイ。

賑やかなスレイプ一家の三人を、机に残っている面々は、

（……あぁ、いつもの光景だなぁ）

そんな事を考えながら、笑顔で見守っていた。


リビングで、ひとしきり会話が弾んだ後……

「さって、ほんじゃコウラ。一緒にお風呂に入ろうか」

立ち上がったブロッサムは、自分の隣に座っているコウラへ声をかけた。

コウラは、嬉しそうに頷くと、椅子から飛び降りてブロッサムに寄り添っていく。

その顔には満面の笑みが浮かんでいた。

「あはは、コウラはお風呂に入るのが大好きだな」

コウラの頭をワシャワシャと撫でていくブロッサム。

「うん……お風呂大好き……このお家《うち》のお風呂、とっても大きい……好き」

ブロッサムの言葉に、笑みを浮かべるコウラ。

コウラの言葉通り、フリオ家の風呂は非常に大きい。

男湯と女湯に分かれており、浴室だけでリビング並の広さを誇っている。

湯船には、フリオの永続魔法によって、入浴に十分な量の温かくて清潔な湯が常に溜《た》められており、湯船のお湯が減ると自動的に補充される仕組みになっている。

ちなみに、その湯はリース達の強い希望によりキノーサキ温泉にあるヤナーギの湯の源泉から魔法で転送されていた。

なお、キノーサキ温泉郷組合にもその旨を伝えて許可を取っており、泉源の使用料もきちんと支払っている。

そのため、お風呂の入り口には『キノーサキ温泉泉源の湯』の証明書がしっかりと貼られていた。


「お家だと、水で体を拭くことしか出来ないから……」

「よしよし、それじゃあ今日も一緒に肩までつかって、百まで数えような」

「うん！」

そんな会話を交わしながら、手をつなぎお風呂へ向かっていくブロッサムとコウラ。

フリオは、そんな二人の後ろ姿をジッと見つめていた。

◇翌日・鬼の村の山の麓◇

翌朝。

フリオは、再び鬼の村の山の麓を訪れていた。

その隣には、ウーラの姿があった。

「ウーラさん、お仕事前のお忙しい中、お呼び立てして申し訳ありません」

「いやいや、何を言うんじゃ。他ならぬフリオ殿のお呼び立てとあれば、何を差し置いてでも駆けつけますわい」

フリオの言葉に、豪快な笑みを浮かべるウーラ。

「まぁ、あれじゃ。脳内に直接お知らせが届くというのは、珍しい経験じゃったがな」


ウーラの言う通り……

今朝、フリオは思念波通信によってウーラに対し、

『申し訳ありませんが、仕事前に少しお話しさせていただきたいのですが』

と、連絡を入れていたのであった。


「すいません。最近はこの方が慣れてしまっていて……」

ウーラの言葉に、フリオは申し訳なさそうに頭を下げる。

「はっはっは。だからフリオ殿の呼び出しなら何を差し置いてでも、最優先で駆けつけさせてもらいますわい……っと、すまんが、コウラにお願いされたら、そっちを優先させてもらいますがな」

そう言ってウーラは再び豪快に笑う。

「子供さんの事ですからね。それは、もちろんですよ」

フリオはいつもの飄々とした笑顔をウーラに返す。

しばらく笑顔を交わし合った二人。

「……さて、それでフリオ殿、ご用件というのはなんですかな？」

「えぇ、実は……村の事で教えていただきたいのですが。村の皆さんのお宅のお風呂はどうなっているのでしょうか？」

「うむ、風呂ですかな？　それでしたら、主にこれですな」

そう言うと、首にかけていた手ぬぐいをフリオに見せる。

差し出された手ぬぐいを見つめながら、

「……えっと……それって？」

フリオが困惑した表情を浮かべる。

そんなフリオの前で、ウーラは、

「うむ、これを井戸水につけて、しっかり絞って、くまなく拭く。これがワシらの風呂じゃな、うん。夏場じゃと、穴を掘ってそこに水をためて、そこで水浴びがてら風呂代わりにしたりしておるわい。あぁ、でも、以前は町の公衆浴場に行ったりもしておったが、人族の町の公衆浴場となると、人族に変化出来る者しか無理なんじゃが……」

フリオの前でウーラはあれこれと説明を続けていく。

その言葉を聞きながら、フリオは複雑な表情をその顔に浮かべていた。

（……僕が元いたパルマ世界は、亜人差別がひどかった……そのせいで、王都の亜人居住区には上水道が整備されていなくて、当然入浴施設もなかった……僕の家では、自分で入浴施設を作ったけど……こちらの世界でも、こんな事があったんだ……）

「……フリオ殿？」

「……え？」

「うむ、フリオ殿よ、どうかしたのか？　急に黙り込まれてしまったが？」

ウーラは怪訝《けげん》そうな表情を浮かべながら、フリオの顔をのぞき込む。

「あ、いえ……すいませんお話の最中に……」

そんなウーラに、フリオは少しバツが悪そうな表情を浮かべた。

「……あの、それでウーラさん。もし、なのですが……村の皆さんが利用出来る共同浴場みたいな物があったら、いかがですか？」

「村の者が使える共同浴場ですと!?」

フリオの言葉に、目を丸くするウーラ。

「そりゃ、そんな物があれば、ワシも嬉しいし、村の皆も大喜びしますわい！　今なら、入浴料を払えるだけの収入もありますからな」

「そうですか、それじゃあ」

ウーラの返事を確認すると、フリオは森の方へ向き直った。

鬼の村の山の隣にある、元々この一帯に広がっていた森に向かい、自らの両腕を伸ばす。

「……フリオ殿？　一体何をするおつもりなのじゃ？」

フリオの意図を測りかねているウーラは、その顔に怪訝そうな表情を浮かべながら、フリオと森を交互に見つめる。

そんなウーラの前で、詠唱していくフリオ。

すると、フリオの腕にいくつもの魔法陣が展開しはじめた。

その魔法陣は、フリオの腕の先にも展開し、先にいくほど巨大になっていく。

やがて、森の上部に巨大な魔法陣が出現し、フリオの詠唱に合わせてゆっくりと回転しはじめた。

「こ、これは一体……」

その光景に、ウーラは思わず唾を飲み込んだ。

そんなウーラの前で、フリオは詠唱しながら指を動かしていく。

指の動きに合わせて、森の木々が抜け、宙に浮き上がる。

それらの木々は、かなり太く、怪力の魔族であっても一人で引っこ抜くのはかなりの重労働であると思われた。

そんな巨木が、フリオの指の動きに合わせて、あっさりと宙に浮いていたのである。

更にフリオが指を動かすと、宙に浮いた巨木が、いきなり分解された。

樹皮
根
枝葉

これらの部分が、まるでブロックのように樹木本体から分離し、残っている樹木の本体が綺《き》麗《れい》な角材の状態になっていく。

そのまま、空中で乾燥されているのか、木材の周囲から湯気があがった。

「……おいおい、あの巨木を空中で加工しておるのか……」

ウーラは目を丸くしたまま、その光景に目が釘《くぎ》付《づ》けになっていた。

その間も、空中の木材はどんどんと加工されていく。

フリオは、ある程度木材の加工が済んだところで、右手を足元に向けた。

すると、フリオとウーラの前方の地面がすさまじい勢いで整地されていく。

地面が平らになり、森の中から無数の岩石が飛んでくると、整地されたばかりの地面の上に綺麗に並んでいく。

岩石の凹凸は、空中を移動している間に魔法で研磨されているらしく、岩石の周囲では魔法陣が展開しており、その周囲にカットされた岩石の破片が飛び散っていた。

その破片も、魔法陣に吸収されて即座に消えていくため、地面が汚れることはない。

森から巨木が引っこ抜かれ、空中で加工され、地面が整地され、そこに加工された岩石が並んでいく。

いくつもの作業が、すさまじい勢いで同時進行で進んでいく。

「こ、これは……」

あまりにもすさまじい勢いで進んでいく作業を前にして、ウーラはそれを見守ることしか出来ないでいた。

そんなウーラに対し、

「浴槽は男湯と女湯に分けるとして……露天風呂も作っておきましょうか？」

「待合所を広くして、食事が出来るようにしてみましょうか？」

「いっその事、宿泊出来る施設も併設しましょうか？」

そんな事をウーラに相談していくフリオ。

その間も、作業を行う魔法を止めることはなかった。

そんなフリオに、

「あぁ、そうじゃな……」

「あぁ、そうじゃな……」

「あぁ、そうじゃな……」

オウム返しのように同じ返事しか返すことが出来ないウーラ。

そんなウーラの前で、フリオの案を盛り込んだ建物がどんどん出来上がっていた。

◇◇◇

時間にして半刻ほどがすぎた頃……

おもむろに、フリオが両手を下ろした。

「……うん、こんなもんかな」

その顔に、いつもの飄々とした笑みを浮かべながら小さく頷く。

フリオの前には、大きな建物が出来上がっていた。

平屋で、一部二階建てになっているその建物の入り口には『湯』と書かれた暖簾《のれん》が掲げられている。

「こ、これは……ひ、ひょっとして、共同浴場なのか⁉」

目の前に出来上がった建物を見つめながら、ウーラは思わず声を張り上げる。

「えぇ、村の皆さんに使用していただけるように、と思って作ってみました。よかったら、使っていただけませんか？　使い勝手が悪い箇所がありましたら遠慮なくお知らせください。すぐに改修させていただきますので」

「いやいやいや、使い勝手なぞ、ぶっちゃけどうでもいいんじゃ！　それよりも、皆が利用出来る風呂が出来たというだけで、本当に嬉しいわい！」

豪快に笑うウーラ。

すると、その笑い声を聞きつけたのか、山の方から村人達が次々に集まってくる。

「な、なんだなんだ、この建物は……」

「き、昨日までこんな物はなかったのに……」

「え？　あの文字って……まさか、風呂なのか⁉」

村人達は、口々にそんな声をあげながらウーラの周囲に集まってくる。

その建物が共同浴場だと理解した村人達から、歓声があがりはじめる。

その声を聞きつけた村人達がさらに集まり、歓声はどんどん大きくなっていた。

そんな中、

「……うん……ちょっと待てよ」

それまで、歓喜の表情を浮かべながら歓声をあげていたウーラから、不意に笑顔が消えた。

その顔を、改めてフリオの方へ向けていく。

「……あの……フリオ殿よ……質問なのじゃが……いくらかかるのじゃ？」

「いくら……と、いいますと？」

「じゃから、この風呂に入るのには、いくらかかるんじゃ？　共同浴場というからには、入浴料を納める必要が……」

言いにくそうに言葉を続けながら、ウーラはフリオへ視線を向けている。

そんなウーラに、フリオは、

「あぁ、それならいりませんよ」

いつもの飄々とした笑みをその顔に浮かべながらウーラに告げた。

「「「はぁ!?」」」

その言葉を受けて、ウーラだけでなくその背後に集まっていた村人達までびっくりした声をあげる。

ウーラは、フリオの眼前に、自らの顔を近づけた。

「フ、フリオ殿……き、聞き間違いでなければ……い、今、『入浴料はいらない』と言われたのか？」

ウーラは困惑した表情を浮かべながら、フリオの顔を見つめる。

その背後に、村人達が同じ表情で続いている。

そんな一同の前で、フリオは、

「えぇ、そうですよ。村の皆さんからは、この共同浴場の入浴料はいただかないつもりです」

そう言うと、その顔に飄々とした笑みを浮かべながら頷いた。

「ただ、共同浴場の管理は、村人の皆さんでお願い出来たら、と思っているんですが」

「管理というと……具体的に何をすればいいんじゃ？」

「えぇ、今、思っているのはですね、
・共同浴場内の清掃作業
・周辺の清掃作業
・村人以外の入浴希望者からは入浴料をいただくつもりなので、その徴収作業
さしあたって、こういった作業をお願いしたいと思っているのですが、いかがでしょう？」

「う、うむ……そ、それくらいなら問題ないが……いや、むしろその程度の作業で、利用させてもらってよいのか？」

「いえ、むしろそれをお願い出来るのでしたら、こちらの方がありがたいですので」

（……お湯の転送や水質保全は僕の永続魔法で実質無料だし、建物の維持補修も魔法で簡単に対応

出来るし……ただ、村の外から来た人まで無料にしていたら、設置依頼があちこちから来ちゃいそうだから、そのあたりは配慮しておかないと……）

そんな事を考えながら、その顔に笑みを浮かべる。

そんなフリオの周囲は、ウーラを中心とした村の住人達の歓声で包まれていった。

フリオによって、数刻で建設されたこの共同浴場は、住人達によって『フリオの湯』と命名されたのだが、フリオがその名前に最後まで難色を示していたのは言うまでもない。

◇数日後の夜　鬼の山の頂上付近◇

日が沈み、フリオ家の周囲も徐々に夕闇が濃くなっていた。

フリオ宅から鬼の村へ伸びている街道は、普段は暗く、灯《あか》りを持っていないと街道からはずれてしまいかねないほど、歩きにくい。

その街道が、今夜は灯りに包まれていた。

街道の周囲には、たくさんの屋台が軒を連ねており、村へ向かって光の帯が伸びているようだった。

そんな山の麓、街道の入り口付近にフリオが姿を現した。

「もうはじまっているみたいだね」

山を見上げながら、いつもの飄々とした笑みを浮かべているフリオ。

「旦那様！　こちらですわ！」

そんなフリオに向かって、リースが笑顔で手を振る。

「やぁ、リース。遅くなってごめん」

手を振りながら、リースの元へ駆け寄っていくフリオ。

フリオの前に立っているリースは、いつものワンピースとは違う、ふわっとした衣装を身につけていた。

「リース、その服はどうしたんだい？」

「これですか？　以前、日出《ひいずるくに》国に行った時に購入した服をアレンジしたのですが、なんでもユカタと言って、日出国では、夏祭りに着ていく服として一般的だそうですの」

「へぇ、そうなんだ」

説明をしながら、リースはフリオの前でくるりと一回りする。

「あの、どうでしょう？　変ではありませんか？」

「あ、うん。とても似合っているよ。思わず見とれてしまったよ」

「まぁ……だ、旦那様ったら」

フリオの言葉に、リースは顔を真っ赤にしながら、両手で頬を押さえた。

(……いつもなんだけど、リースは本当に可愛《かわい》いな)

リースの仕草を見つめながら、そんな事を考えているフリオ。

そんなフリオの前で、リースは嬉しそうに体をくねらせている。

「あ、パパ！」

そこに、エリナーザが駆け寄ってきた。

満面に笑みを浮かべているエリナーザは、リースが着ているユカタよりもスッキリした印象を与えるデザインになっている。

「これ、ママが作ってくれたんだけど、可愛いかな？」

少し首をひねりながらフリオを見上げるエリナーザ。

フリオはそんなエリナーザの姿を見つめながら、その顔にいつもの飄々とした笑みを浮かべる。

「うん、とっても可愛いよエリナーザ」

「そう？　そう言ってもらえるととっても嬉しいわ、パパ！」

フリオの言葉に、エリナーザは満面に笑みを浮かべた。


「お〜い、姉さん！」

そんなエリナーザに、後方からガリルが声をかけた。

「あら、ガリル？　どうかしたのかしら？」

「あのさ、僕達これからホウタウ魔法学校のみんなと一緒にお祭りを見て回るんだけど、一緒に行かない？」

リース製のユカタを着ているガリルが、笑顔でリースに声をかけていく。

ガリルの周囲には、フリオ家で一緒に暮らしているリスレイの他に、サリーナやアイリステイル、スノーリトルやサジッタ、レプター達の姿があった。

エリナーザはそんな一同へ一度視線を向けると、

「私はパパと一緒に回るから結構よ」

そう言ってフリオの隣、リースの反対側へと移動していった。

「エリナーザ、どうせなら友達のみんなと一緒に回ったらどうだい？」

「ううん？　私はパパと一緒がいいの」

フリオの言葉にも、笑顔で首を左右に振るエリナーザ。

……決してぶれないファザコンなエリナーザだった。

◇◇◇

フリオ一家は、それぞれ分散して祭りの中へ散らばっていった。

祭りには次々に人々が押し寄せており、あっという間に賑やかになっていく。

「さぁ、魔獣の串焼きだ！　美味《おい》しいよ！」

「こっちはタルマーゴのリング焼きだ！　物は試しに食べてってなぁ」

「さぁさぁリーンゴ焼きはどうだい！」

あちこちの屋台から賑やかな声があがっており、

「よし、それをひとつもらおうか！」

「こっちにもそれ、ちょうだい！」

「旦那様、私あれ食べたいです！」


それに呼応する声も、あちこちからあがっていく。


その声は、日が暮れ、鬼の山が宵闇に包まれても、その勢いはむしろ更に増していたのであった。

その中には、鬼の村の住人だけでなく、ホウタウの街の人族や亜人、定期魔導船でやってきた様々な種属の人々が、和気藹々《わきあいあい》と祭りを楽しんでいた。

かつて争い合っていた魔族と人族。

その種族達が、笑顔で会話を交わし、互いに祭りを満喫していたのであった。

祭りの喧噪《けんそう》が最高潮に達したところで、

「よっしゃ！　んじゃ、ド派手に行くぞ！」

ウーラが右腕を振り上げ、気勢を上げる。

「「「ぅお――――――！」」」

それに合わせて、各々腕を振り上げながら声を張り上げていく村の魔族達。

広場の中央に組み上げられている縁台の上、タイコといわれる、鬼族の家系に古くから伝わっている楽器が設置されている。

縁台の上に駆け上がったウーラは、

「それぇ！」

気合いの入った声をあげると、手に持っている木の棒でタイコを叩いていく。

◇◇◇

ドン！　ドコドコドコ、ドン！　ドコドコドコドコ……


タイコを叩く音がリズミカルに響く。

そんなウーラの隣に、コウラがトトトと駆け寄った。

その手には、木を削って作ったと思われる横笛が握られている。

コウラは、横笛に口を付けると、目を閉じてゆっくりと吹きはじめる。


ドン！　ドコドコドコ、ドン！　ドコドコドコドコ……

ピ～……ピ～ピピピピピ～……ピピピ～……ピピ～……

ウーラの力強いタイコの音色に、コウラの繊細な横笛の音色が重なり、絶妙なハーモニーが山全体に広がっていく。

「さぁ、みんな！　踊れや踊れ！」

ウーラとコウラが奏でる音色を受けて、村の住人の魔族達が縁台を中心にして、その周囲で踊りはじめた。

タイコの音色に合わせて手を上げ、巧みに動かし、横笛の音色に合わせて、足を動かす村人達。

手を左右に、交互に上げると、右足を前に、次に左足を前に出す。

思い思いに踊りながらも、その動きはどこか統率がとれており、縁台を中心に綺麗な舞いの輪が出来上がっているように見えた。

「……綺麗ですね。それになんだか楽しそう」

リースはフリオの腕を抱き寄せ、その肩に頭を乗せながら踊りを見つめている。

「こんな踊りは初めて見るけど、なんだか楽しくなってくるね」

その顔にいつもの飄々とした笑みを浮かべながら、フリオはリースと一緒に踊りを見つめている。

気がつくと、踊りの輪の周囲には、今日の祭りを楽しみにやってきているホウタウの街の住人や、定期魔導船でやってきた他の街の人々が集まっていた。

……そんな中。

「楽しそう！　楽しそう！　ワインも踊るの！　踊るの！」

フリオの近くで、大きなスーイカを丸かじりしていたワインが、ぴょんぴょん飛び跳ねながら祭りの輪に加わっていく。

「おぉ！　踊れ！　踊れ！　見てるだけじゃ損じゃ！　損じゃ！　せっかくなんじゃ、みんなも踊れぃ！　踊り方なんか気にせんでえぇ！　みんなの踊りを真似《まね》して踊れぃ！」

タイコを叩きながら、楽しそうに声をあげるウーラ。

ワインは、

「あ、よいしょ！　こらしょ！　どっこいしょ！」

満面に笑みを浮かべながら、好き勝手に手足を動かしていた。

いつしか、背に羽根を具現化し、踊りの輪の上空を、踊り狂いながら舞っていく。

もともとユカタを着崩していたワインだけあって、激しく踊る度に、ユカタがズレ、今にも色々やばい状況になりかけていた……の、だが……

「……まったく、破廉恥なのは駄目ですと、いつも言っているでしょう？」

そこに、タニアがすさまじい勢いで飛び込んでくる。

背に神界の使徒の羽根を具現化し、空中で踊っているワインの元に駆けつけると、着崩れていたワインのユカタを即座に直していく。

「むぅ……なんか、踊りにくくなったの！　なったの！」

途端に、憤懣《ふんまん》やるかたないといった表情を浮かべるワイン。

そんなワインの前で、タニアは、

「ワインお嬢様の踊り方はめちゃくちゃだから、すぐにユカタが着崩れてしまうんです。僭越《せんえつ》ながら、このタニアが見本をお見せいたしますので、それを真似してくださいませ」

そう言うと、空中で両手をピシッと伸ばし、大きく息を吐き出していく。

タイコと、横笛の音色を確認しているのか、しばし目を閉じていたタニアは、

「……いざ！」

カッと目を見開くと、音楽に合わせて踊りはじめた。

その踊りは、タニアの性格のように、無駄な動きが一切なく、教科書のお手本通りという言葉がぴったりくるような踊りだった。

「ほ～……タニタニ、踊り上手！　上手！」

踊っているタニアの姿を真後ろから見つめていたワインがびっくりしたような声をあげた。

ワインの言葉に、照れくさくなったのか、

「こ、コホン……神界にいた頃に、下界のお祭りについても少々勉強しておりましたので……それよりも、ワインお嬢様も早く一緒に踊ってくださいませ」

小さく咳払《せきばら》いしながら、ワインに声をかける。

「うん、わかったの！　わかったの！」

タニアの言葉を受けて、ワインは再び踊りはじめる。

その動きは、とてもタニアの動きを真似しているようには見えなかった。

しかし、先ほどよりもリズムに乗れており、

「あのお姉ちゃん、すっごく楽しそう！」

「ホントだ！　とっても楽しそう！」

満面の笑みで手足を動かしまくっている姿を見た子供達が、その真似をしながら踊りの輪に加わっていた。

その様子を、チラッと確認したタニアは、

「……せっかくお手本をお見せしていますのに……」

少し不満そうな声を漏らしながらも、楽しそうに踊り続けているワインの表情を見ると、

「……でもまぁ、せっかくのお祭りですし、楽しいのが一番ですわね」

そう言うと、再び自分の踊りに集中していった。


「ほう？　タニアが踊っているではないか」

踊りの輪の上空で踊っているタニアの姿に気がついたゴザルが、手にしているリーンゴアメを口に運びながら、そちらへ視線を向ける。

ゴザルの隣を歩いていたバリロッサも、そちらへ視線を向けた。

「生真面目で、祭りなどとは無縁の堅物かと思っていましたけど……背筋がピンと伸びて、実に美しい踊り方ですね……」

バリロッサは、その動きにまるで見惚《みと》れているかのように、目を離せなくなっていく。

すると、そんな二人の間を歩いていたフォルミナが、

「フォルミナも踊るの！」

そう言うが早いか、踊りの輪に向かって駆け出していく。

そんなフォルミナを、

「……フォルミナお姉ちゃんが踊るのなら、僕も！」

ゴーロが小走りに追いかける。

二人は踊りの輪に加わると、前で踊っている村人の踊り方を真似しながら、楽しそうに手足を動かした。


「何か賑やかだなって思ったら……なんか踊りをやってるよ！」

屋台巡りから戻ってきたリスレイが、楽しそうに笑みを浮かべながら後方へ声をかけていく。

すると、ホウタウ魔法学校の同級生で屋台を巡っていたガリルが、

「へぇ、なんだか楽しそうだね。よっし、僕も参加してみようかな」

そう言うが早いか、踊りの輪に向かって駆け出していく。

すると、

「ガリル様が踊るのなら、サリーナももちろん踊るリン！」

先ほどまでガリルにべったり張り付くようにして歩いていたサリーナが、慌ててその後を追いか

ける。

その後を、手に持っている黒兎《くろうさぎ》のぬいぐるみの口をパクパク動かし、

『ガリル様が踊るのならアイリステイルも踊るって言ってるんだゴルァ！』

腹話術よろしく言葉を発しながら、アイリステイルも追いかけていく。

「えっと……舞踏会のダンスとはかなり違うみたいですけど……が、頑張ってみます！」

スノーリトルも、大きく頷くと意を決したように輪に向かって駆け出した。

そんな一同の様子に、リスレイは顔を輝かせ、

「みんな楽しそう！　よぉし！　アタシも！」

そう言って、踊りの輪に向かって駆け出していく。

すると、

「はっはっは！　よ～っし、一緒に踊るかリスレイ！」

そこに、後方から駆け寄ってきたスレイプが、満面に笑みを浮かべながらリスレイの手を握り、
踊りの輪に向かって駆け出した。

その、あまりの速さを前にして、

「……う、うわぁ……リスレイパパ……は、はえぇ……」

リスレイを誘おうとしていたレプターは、その場で固まることしか出来ずにいた。

そんなレプターの肩を、サジッタがポンと叩く。

「まぁ、なんだ。踊ろうぜ」

二人は、程なくして踊りの輪に加わっていった。

サジッタに促されるようにして、踊りの輪に加わっていくレプター。

「あ、あぁ……ありがとな」


楽しげな音楽が流れ、それに合わせて皆が踊っている広場の中央。

その輪から少し離れた場所に、カルシームとチャルンはゴザを敷き、その上に座っていた。

「ほっほっほ。夏のお祭りというのも、なかなか風流でいいですなぁ。そんな踊りを見ながらいただく、チャルンちゃんのお茶というのも、なかなか乙な物ですな」

顎の骨をカタカタ言わせながら、楽しそうに笑うカルシーム。

「あらあら、そんなに褒めても、おかわりくらいしか出ないでありんすえ」

カルシームの言葉に、チャルンは嬉しそうな笑みを浮かべながら、カルシームが手にしている湯飲みにお茶を足していく。

すると、カルシームにおぶさるようにして寝息を立てていたラビッツが、

「……むにゃ……なにか、たのしそう……」

目をこすりながら体を起こした。

「おや？　ラビッツちゃん、起きたのかの？」

カルシームが振り返ると、その頭をラビッツががっしりと摑《つか》んだ。

「ぱぁぱ！　踊って！　一緒に踊って！」

「お、踊ってはいいのじゃが、そんなに頭を持たれては……」

カルシームは完全に頭を固定されてしまい、あたふたと手を動かす。

完全に目を覚ましたラビッツは、カルシームの頭によじ登り、その頭を抱きかかえるようにして体を固定してしまった。

「ぱぁぱ！　行くの！　行くの」

「う、うむ……つまり、このまま踊りにつれていけというのじゃな……ラビッツちゃんてば、なかなかハードなお願いをするのう」

困惑した声をあげながらも、よっこらしょと立ち上がったカルシームは、頭の上にラビッツをのせたまま、踊りの輪に向かって歩いていく。

「では、妾《わらわ》もご一緒するでありんす」

ゴザをしっかり片づけてから、カルシームに続いていくチャルン。

程なくして、三人が踊りの輪に加わっていた。


「旦那様！　私達も踊りましょう！」

その光景を見ていたリースが、フリオの腕を引っ張った。

「そうだね、僕達も踊ろうか……でも、その前に……」

そう言うと、両腕を空に向かって伸ばしていく。

詠唱すると、その手の先に魔法陣が展開し、更にその魔法陣が空に向かって展開すると……

夜空で、弾《はじ》けた。

色とりどりの魔法陣が、夜空で綺麗に弾けていく。

それは、まるで夜空に咲いた花のようだった。

「……綺麗ですわ」

その光景に、リースは思わず息を漏らす。

その周囲の人々も、

「うわぁ、すごいな！」

「これ、魔法なの!?」

「こんな魔法、はじめて見たよ！」

会場のみんなが、夜空を見上げながら、感嘆の声をあげていく。

すると、そんなフリオの後方にヒヤが姿を現した。

「至高なる御方《おんかた》、このヒヤ、微力ながらお手伝いさせていただきます」

そう言うと、ヒヤも夜空に向かって両腕を伸ばす。

すると、フリオが展開している魔法陣の周囲に、小型の魔法陣が無数に出現し、その魔法陣がフリオの魔法陣の花の周囲を彩っていく。

すると、今度はダマリナッセが姿を具現化させた。

「ヒヤ様がするのなら、アタシもお手伝いさせてもらわないとね」

ダマリナッセもまた、両腕を夜空に向けていく。

「ふむ、では、私も手伝うとしようか」

踊っていたゴザルも、その手を夜空に向かって伸ばす。

「みんながやるのなら、私もちょっと本気を出しちゃおうかな」

フリオが作り出している魔法陣の花を、目を輝かせながら見つめていたエリナーザも、自らの手を夜空に向かって伸ばしていく。


クライロード世界の最高峰の魔導士達による魔法陣の花の共演。

それは、鬼の村の祭りの奇跡として語り継がれて行くことになるのだが、この日、この場に居合わせた人達は、奇跡のようなこの一時を心ゆくまで楽しんでいた。

エピローグ 8

◇ホウタウの街・フリオ宅◇

早朝。

フリオ宅の玄関から出てきたブロッサムは、

「さって、今日も農作業頑張るかぁ」

大きく伸びをしながら声をあげた。

フリオ家の前に伸びている街道を歩く。

まっすぐ進むと、街道の隣に放牧場が広がっており、その向こうにブロッサムが管理している農場が広がっていた。

「ブロッサム！」

そんなブロッサムを、後方から呼び止める声が聞こえた。

ブロッサムが振り返ると、そこにはバリロッサの姿があった。

「ようバリロッサ。今日は早いんだな」

「あぁ、今日はサベアと一緒に狩りに行こうと思ってな」

バリロッサの後方には、彼女の言葉通りサベアが付き従っていた。

狂乱熊《サイコベア》姿のサベアは、

「わふ！　わふ！」

と、楽しそうな鳴き声をあげながらバリロッサの後方に付き従っていく。

「そっか、となるとアタシの方の収穫のお手伝いは、今日はなしってことかぁ」

ブロッサムは両肩をすくめ、大げさに悲しそうな声をあげる。

そんなブロッサムの声に、サベアは困惑したようにオロオロとしはじめた。

バリロッサはそんなサベアの顔を抱きしめると、

「こらブロッサム。サベアをいじめるな！　それに、ブロッサムは毎朝サベアを連れていっているのだから、たまにはいいだろう？」

不満そうな表情を浮かべた。

そんなバリロッサに対し、先ほどまでとは打って変わって、ブロッサムはいたずらっぽい笑みを浮かべる。

「わかってる、わかってる。冗談だってば」

ブロッサムが、笑顔でサベアの頭をポンポンと叩《たた》くと、

「わほん！」

サベアは、嬉《うれ》しそうな鳴き声をあげながらブロッサムに頬ずりしていく。

巨体のサベアにじゃれつかれたため、ブロッサムは後ろ足を踏ん張りながらこれを受け止める。

そんなブロッサムの姿に、バリロッサも思わず噴き出していた。

「しっかし、このあたりもずいぶん様子が変わったよなぁ」

「あぁ、そうだな……フリオ殿と一緒にこの地へ移り住んですぐの頃は、家の周囲には何もなかったものな」

「おいおい、何もなかったっていうのは心外だな。あたしが趣味でやってた農園があったじゃないか」

「ふふ、そういえばそうだったな。しかし、その農園も今じゃあとんでもない規模になって……」

前方へ視線を向けるバリロッサ。

その視線の先には広大な農園が広がっている。

その先には、ウーラが管理している鬼村《オーガ》の山があり、ブロッサムの農園はその山の中腹にまで広がっていた。

「……ところでブロッサムよ、少し聞きたいのだが」

「ん？　なんだ、バリロッサ」

「ウーラ殿とコウラちゃんとは、いつ正式な家族になるのだ」

バリロッサのドストレートな言葉を前にして、ブロッサムは思いっきり吹き出した。

「げ、げほっ……げぼっ……い、いきなり何を言うんだよ」

「いや……気のせいか、最近すごく仲良くしているように思ってな……てっきりそういう事かと思っていたのだが、違うのか？」

「い、いや……その、な、なんて言うかさ……」

ブロッサムが返事に困っていると、そこにコウラが姿を現し、

「え!? こ、コウラちゃん!?」

困惑しているブロッサムの元にテテテと駆け寄っていく。

その足にピタッと抱きつくと、

「……お母、おはよ」

頬を赤くしながら、そう言った。

その言葉を前にして、何かを察したバリロッサは、

「……あ、あ～……わ、私はサベアと狩りに行くから、ブロッサムは家族仲良く過ごしてくれ……じゃあ」

そう言うと、サベアと一緒にその場から立ち去っていった。

バリロッサの後ろ姿を見送りながら、苦笑することしか出来ずにいたブロッサム……だが、

「……ま、アタシもそのつもりがないわけじゃないんだけど……なぁ」

自らの足に抱きついているコウラの頭を優しく撫《な》でる。

ブロッサムに撫でられながら、コウラはその顔に嬉しそうな笑みを浮かべていたのだった。

そんなコウラを、ブロッサムは複雑な表情で見つめていた。

◇数刻後・ホウタウの街　フリオ宅裏◇

フリオ宅の裏には、フリオの工房が建設されている。

ここは、フリオが部屋の中で作成することが出来ない大型の建造物や、作業に危険を伴う商品などを作成するのに使用している建物である。

その建物の入り口に、ブロッサムが姿を現した。

「あ、あの～……フリオ様、いる？」

「やぁ、ブロッサムかい？　中で作業しているから入ってきてくれるかな？」

フリオの声を受けて、

「し、失礼しま～す」

ブロッサムが工房の扉を開ける。

工房の中では、巨大な土魔人の前で魔法を展開しているフリオの姿があった。

「な、なんです？　そのでっかいのは!?」

「これかい？　城壁の修復作業に従事出来るゴーレムを作成出来ないかと思って、ちょっと試しているんだよ」

魔法の展開を中止するとブロッサムの元へ空中を移動していく。

「何か僕に用事かな？　農園の事かい？」

「あ、いえ……そっちの事じゃなくて……こういう事は苦手なもんで、どうしたらいいかと悩んでいてさ……フリオ様の意見をお聞き出来たらと思って……」

「うん、僕で役にたてるのなら、話を聞くよ」

「あ、ありがとうございます」

フリオの言葉に、大きく頭を下げるブロッサム。

頭を上げ、話をしようとするものの、

「え、っと……あの……その、なんだ……」

恥ずかしいのか、顔を真っ赤にしたままひたすら口ごもり、なかなか話を切り出すことが出来ずにいた。

そんなブロッサムの前で、フリオはいつもの飄々《ひょうひょう》とした笑みを浮かべ続けており、ブロッサムに余計なプレッシャーを与えないように配慮していた。

……の、だが……

「もう、じれったいですわね！」

そこに、リースがすごい勢いで駆け込んできた。

ドアの外で聞き耳を立てていたらしく、なかなか話を切り出すことが出来ないブロッサムの様子に、我慢出来なくなって飛び出してきたのだった。

リースはズカズカとブロッサムの元に歩み寄ると、顔を寄せる。

「で、あなたの相談って、ウーラとコウラちゃんの事でしょ？　ん？」

「うぐ……な、なんでそれを……」

「わからないわけがないじゃない。最近のあなたってば、農作業をしていても暇さえあれば鬼の山を眺めてばかりいるし、コウラちゃんと一緒に起きてきても、いつも何か考え込んでいるし……そんな状態で、気付かれないとでも思ったのかしら？」

たたみかけるように言葉を続けるリースを前にして、タジタジになりながらブロッサムは後退《あとずさ》った。

困惑しながら、言われるがままになっていたブロッサムだが、意を決したのか、顔を上げ、リースの顔を見つめ返していく。

「……じ、実は……アタシ……コウラちゃんの母親になりたいって思っているんだ……だけどさ……」

ブロッサムは一度口ごもる。

しかし、顔を上げ、再び口を開いた。

「で、でもさ……コウラちゃんの本当の母さんって、短命な妖精族だったたって話だろ……んで、調べてみたら、妖精族って、寿命が三十年くらいなんだよな……んで、鬼族の平均寿命って、種族によってかなり差があるみたいなんだけど、短い種族でも百年以上はあるみたいでさ……純粋な鬼族のウーラは当然だけど、半分鬼の血が入っているコウラちゃんもそれなりに寿命が長いんじゃないかって思うんだ……」

ここまで言うと、ブロッサムは完全に口を閉ざしてしまう。

なんとか言葉を出そうとするものの、その度に口を閉じるというのを繰り返していた。

その様子を、腕組みをしたままジッと見つめているリース。

すると、そんなブロッサムの肩に、フリオが優しく手を置いた。

「それでいいんじゃない？」

「……え？」

「僕は、それでいいと思うよ」

唐突なフリオの言葉。

その言葉を前にして、ブロッサムは目を丸くする。

ただ、フリオの言葉の意味が理解出来ていないリースだけは、腕組みをしたまま眉間にシワを寄せていた。

「……あの……旦那様、『それでいい』というのは、一体どういう意味なのですか？」

「ブロッサムは人族でしょ？　人族の寿命は五十年くらいなのに、それよりも長生きすることが確実な、コウラちゃんのママになってもいいのか……また、コウラちゃんを一人にしてもいいのか……ブロッサムは、その事で悩んでいるんだよ」

「あ……なるほど」

フリオの言葉に納得したようにリースは頷《うなず》いた。

そんなリースの前で、フリオは再びブロッサムへ視線を戻していく。

「でね……その上で、僕は、それでいいと思っているんだよ」

フリオの言葉に、再び目を見開いていくブロッサム。

「コウラちゃんは、ブロッサムと一緒にいたいって思っている。それは間違いないし、ブロッサムも、そんなコウラちゃんや、その父親のウーラさんと一緒にいたい。そう思っているんでしょ？」

フリオの言葉に、無言で頷くブロッサム。

「だったらさ、一緒の時間を一緒に目一杯楽しめばいいんじゃないかな。大切なのは一緒に過ごした時間だと、僕は思うよ」

その顔に、いつもの飄々とした笑みを浮かべながら、ブロッサムの肩をポンポンと叩く。

フリオの顔を見つめながら、しばらく考えを巡らせていたブロッサムは、

「……そうだよな……うん、そうだよな！」

気がつくと、目から涙を流していたブロッサムは、その涙をコブシで拭っていく。

「ありがとうフリオ様！　リース様！　アタシ、ちょっと行ってくる」

そう言うと、勢いよく玄関を飛び出していった。

フリオとリースはその後ろ姿を笑顔で見送る。

「本当に、世話がかかりますわね」

「本気だからこそ、悩み続けていたんだと思うよ」

「まぁ、その気持ちは理解出来なくもないですけど……でも……」

フリオに顔を寄せると、その頬に口づけるリース。

「私は、悩みませんでしたけどね」

「……リース」

至近距離で見つめ合う二人。

そして、今度は唇を重ねていく。

工房の外では、ブロッサムの足音が徐々に遠くなっていった。

◇とある森近くの町◇

巨大な定期魔導船が、町の中央にある魔導船発着タワーに接岸した。

この町で下船する人々が、タワー内の階段を使って降りていく。

同時に、この町から注文を受けていた食材などが、定期魔導船の下部にある収納庫から吊《つ》り下げられ、地上に設置されている荷物倉庫へ運び込まれていた。

その光景を、魔忍族のグレアニールは操舵室《そうだしつ》に設置されているウインドウで確認していた。


――グレアニール。

元魔王軍諜報《ちょうほう》機関「静かなる耳」のメンバー。

今はフリース雑貨店の輸送担当として定期魔導船の操舵を行っている。


(ふむ、下の倉庫で受け取り作業をしている魔族達《たち》も、かなり慣れてきたみたいでござるな……)

倉庫で作業を行っている魔族達は、ウーラが保護した下級魔族達である。

最初の頃は、倉庫作業という地味な作業を行うことに反発していた魔族達だが……

(……フリース雑貨店には、ウルフジャスティス様が協力していると宣伝したことで、素直に作業

に従事してくれるようになったでござる)

ウインドウの中で、キビキビと作業をこなしている魔族達の様子を確認しながら、満足そうに頷《うなず》いていた。

フリオが牙狼《がろう》族を模したマスクを被《かぶ》り、ウルフジャスティスを名乗って各地の魔族を圧倒的な力で追い払ったことにより、力を重んじる魔族達の中にはウルフジャスティスを崇拝する者が多い。

(……作業にあたる魔族達が増えたことで、最近は自分の仕事にも余裕が出来ているでござる……たまには、休暇を楽しませていただくのも悪くないかも……)

そんな事を考えているグレアニールの脳裏に、魔馬族のダクホーストの顔を浮かんだ。

途端に、顔を真っ赤にする。

(ななな、なんでそこで、ダクホースト殿の顔が浮かぶでござるか……たたた、確かにダクホースト殿が自分のような者に好意を持ってくださっているでござるし……じじじ、自分も、その……悪い気はしないと申すというか……)

グレアニールはワタワタしながら両手で頬を押さえている。

そんなグレアニールの隣、台の上には魔王山ぷりんぷりんパークレース場の入場券が二枚置かれていた。

あわよくば、ダクホーストを誘って一緒に……そんな事を考えていたグレアニールなのだが……

(むむむ、無理でござる……じじじ、自分のような恋愛初心者には、殿方を逢《あ》い引《び》きにお誘いするなどレベルが高すぎるでござる……)

茹《ゆ》で蛸《だこ》のように真っ赤になりながら、頭を左右に振り続けている。

入場券が使われるのは、もう少し先になりそうだった。

◇◇◇

程なくして、乗客の乗降と荷物の積み降ろしが終わった定期魔導船は、乗降タワーを離岸し、次の町に向かって飛行していった。

そんな定期魔導船を、乗降タワーの近くに立っている二人の子供達が見送っていた。

「さっきまで、僕達が乗ってたんだね、あのお船に」

「うん、そうだね。あんな船で毎日学校に通えるなんて、すっごく楽しいね」

魔導船を見送りながら、満面に笑みを浮かべている二人の子供達。

バッサバッサと、そんな二人の後方に巨大な翼竜が舞い降りた。

首が二つあるその双頭の翼竜は、大きく息を吐き出した。

その体が光り輝いたかと思うと、徐々に小さくなり、あっという間に小柄な男の姿へと変化していく。

——フギー・ムギー。

元魔王軍四天王の一人で双頭鳥《そうとうちょう》。

魔王軍を辞して以後、とある森の奥で、三人の妻とその子供達と一緒にのんびり暮らしている。


「あ、パパー！」

「ただいまパパ！」

小柄な男――フギー・ムギーに気がついた子供達は、満面に笑みを浮かべながら抱きついていく。

「「二人ともお帰りなりね。学校は楽しかったなりか？」」

満面に笑みを浮かべながら、二人を抱き寄せるフギー・ムギー。

元の姿が双頭鳥《そうとうちょう》のため、人の姿をしていても声が二重に聞こえるのがフギー・ムギーの特徴である。

フギー・ムギーは二人と手をつなぎ、街道を歩いていく。

「パパ、カッちゃん学校の授業で魔法を使えたんだよ！　すごいでしょ！」

「「お～、すごいなりねぇ。カッちゃんは偉いなりね」」

「あ、シーもそれ出来たんだよ！　シーも褒めて！」

「「うんうん、シーちゃんもすごいなり。偉いなりよ」」

交互に、二人へ笑顔を向けながら嬉《うれ》しそうに微笑《ほほえ》み続けているフギー・ムギー。

「「じゃあ、今日はママ達に頼まれている物を買ってから、お家に帰るなりね」」

「は～い！」

「シー、お買い物のお手伝いする！」

「あ、カッちゃんもお手伝いする！」

「「うんうん、じゃあみんなで一緒に買い物して帰るなりね」」

そんな会話を交わしながら、三人は街道を歩いていく。

その先には、町の商店街が広がっている。


そんな三人の後方で、一人の女が周囲を見回していた。

ボロボロになっているゴスロリ風の衣装を着ているその女は、異常に大きな黒目をギラつかせながら周囲を見回し続けている。

その異様な姿を前にして、町の人々はその女を遠巻きにしていた。

そんな人々の視線の先で、その女はいきなり踊りはじめた。

「まったくまったくまったく～……魔獣捕縛作戦に失敗失敗失敗しちゃったから～♪　せめてせめてせめて、このあたりにいるって噂《うわさ》の金色の鳥の魔獣を捕まえて捕まえて捕まえて～♪　それを手土産にしてジャンデレナ姉さんに許してもらおうと、もらおうと、もらおうとしているのに～ぜんっぜん見つからないじゃないのよほほほほ～♪」

声高に、歌うように言葉を発しながら、ぐねぐねその場で踊りまくっていくその女——ヤンデレナ。

……ちなみに、彼女が狙っている金色の鳥の魔獣というのは、魔獣化したフギー・ムギーの事なのだが、どこからどう見ても、マイホームパパな言動しかしていないフギー・ムギーを前にして、その正体にまったく気付くことが出来ずにいたのであった。

……そんな中。

「衛兵さん、あの女です！」

「うむ、貴様か、怪しい女というのは！」

「ちょ～～～～～～!? ええ衛兵を呼ぶんじゃないわよほほほほほほ～」

「その言動！ やはり怪しい！ 大人しく捕縛されなさい！」

「いやよいやよいやよ～ほほほほほほほほ～」

通報により駆けつけた衛兵を前にして、ヤンデレナは踊りながら高速で逃げていく。

そのまま、街道から森の中へと駆け込み、その後を衛兵が追いかけていった。

「なんか、騒がしいなりねぇ？」

「それよりもパパ！ カーサママのジャルガイモがあったよ！」

「うんうん、お買い物の方が大事なりね」

外の喧噪《けんそう》を気にすることなく、フギー・ムギー一家は、家族で買い物を楽しんでいたのだった。

◇ホウタウの街・フリオ宅◇

フリオ宅の二階の一角。

ちょうど真ん中あたりに、ゴザルとウリミナス・バリロッサの三人が一緒に生活をしている部屋があった。

二人の妻を持つゴザルだけに、この部屋の中には四つの部屋があり、

一室がゴザルの私室。

一室がウリミナスの私室。

一室がバリロッサの私室。

一室が三人で利用する寝室。

このような利用方法になっていた。

なお、廊下から見た部屋の広さは、私室と寝室の二部屋しかない他の部屋と大差がなく、フリオの常時発動魔法によって内部が拡張されていたのであった。

コンコン

ゴザルの部屋を、ノックする音が響いた。

「うむ、開いておるぞ」

椅子に座って、魔導書に目を通していたゴザルが声をかけると、扉が開き、ウリミナスが室内に入って来た。

「……今、お邪魔じゃなかったかニャ？」

「あぁ、大丈夫だが？　何か用事か？」

「ん～……まぁ、用事というかニャんというか……」

そっぽを向きながら、ウリミナスはゴザルの元に歩み寄っていく。

「こ、この間、魔獣レース場に行った時は、結構楽しかったニャ」

「あぁ、そうだな。ドクソンもなかなかいい施設を作ったものだな。あれなら、私達も楽しめるかな」

「そうニャね。フォルミナとゴーロも楽しんでいたニャし、あ、アタシも結構楽しめたニャ」

ウリミナスはゴザルの前に立ちながらも、相変わらずそっぽを向いている。

「……？」

モジモジしながら、何か言いにくそうにしているウリミナスを前にして、首をひねるゴザル。

「……ウリミナスよ、何か用があるのではないのか？」

「あ……え……ニャ……そ、その……」

ゴザルに言われて、ビクッと身を震わせる。

その手を後ろに回したまま、相変わらずそっぽを向き続け、言葉に詰まり続けていた。

その調子で、散々モジモジしまくっていたウリミナスなのだが、ようやく意を決したのか、後ろに回していた手をゴザルの前に差し出した。

「そ、その……こ、これ……」

顔を真っ赤にしながら、相変わらずその顔はそっぽを向いている。

「これは……魔獣の炒《いた》め物か？」

「ニャ……そ、その……魔獣レース場で、リースの手作り弁当を食べていた時に、すごく気に入っていたみたいニャったから……あ、アタシなりに作ってみたニャ……」

ウリミナスが差し出した手には大きなお皿が握られており、その上には魔獣の炒め物が山盛りになっていた。

「ほう？　これはウリミナスが作ったのか？」

「だ、だからそう言っているニャし……」

顔を真っ赤にしたまま、そっぽを向いているウリミナス。

そんなウリミナスが差し出している料理の皿を、ゴザルは笑顔で受け取る。

添えられているスプーンで料理をすくい、それを口に運んでいく。

「……うむ、これは美味《うま》いな」

「うニャ……そ、そんなお世辞は……」

「何を言う。私が世辞など言わないのは、お前がよく知っているであろう？」

「う、ウニャ……そ、それは確かに……」

ゴザルの言葉に、ウリミナスはさらに顔を真っ赤にする。

そんなウリミナスの前で、ゴザルは満面に笑みを浮かべながら料理を口に運んでいく。

「……ふふ」

「うニャ!?　な、何がおかしいニャ!?」

「いや、何……こうしてウリミナスの料理を味わえる日が来るとはな……そう思うと、なんだか嬉しくなってな」

「う……うニャ……そ、それは……ま、魔王軍時代は、アンタの補佐で忙しすぎて……その……そんな時間がなかっただけニャし……」

ゴザルの言葉に、顔を真っ赤にしながら、ゴニョゴニョと言葉を続ける。

そんなウリミナスの様子を、ゴザルは笑顔で見つめながら料理を口にしていく。

「うむ、確かにあの頃は、私もウリミナスも何かと忙しかったからな。こうして、のんびり出来る時代が、まさかこんなに早く来るとはな」

「……そうニャね……それは、ちょっと嬉しく思うニャ……」

ウリミナスはそっぽを向いたまま、ゴザルが座っている椅子の端にチョコンと座る。

ゴザルの体に、ぴったりと寄り添う格好のまま体を寄せる。

そんなウリミナスを笑顔で見つめながら、ゴザルは料理を口に運んでいたのだった。

◇ある夜・ホウタウの街・フリオの湯◇

「なんだなんだなんだ!?」

自分の小屋から駆け出してきたホクホクトンは、慌てた様子で共同浴場へ向かって駆けていた。


……ちなみに、このホクホクトン。

フリオの湯のトラブル対応者に任命されたばかりであった。

「まったく、トラブル対応者を仰せつかったその日のうちにトラブル発生たぁ、どういう事でござるか！」

怒声を張り上げながら、入り口へ足を踏み入れるホクホクトン。

入り口は、大きな玄関になっており、靴を入れることが出来るロッカーが並んでいる。

ホクホクトンはそこでスリッパに履き替えると、更に中へと入っていく。

すると、中央に番台があり、その右が女湯、左が男湯になっている。

番台には、村の女魔族が座っており、男湯の方を怯《おび》えた様子で見つめていた。

それだけではなく、男湯の入り口付近には、中に入ることを躊躇《ちゅうちょ》し、男性魔族達がうろうろと集まっていた。

「……あ、ホクホクトンさん、ここです、こっちです」

「うぬぅ……トラブル発生場所が男湯でござるか……これでは堂々と女湯に入っていくための大義名分がござら……じゃ、なかったでござる!? いったい何が起きたでござるか!?」

そこはかと本音が漏れているホクホクトンの言葉を受けて、腰にタオルを巻き付けている男性魔族が男湯の中を指さす。

「それが……なんか変なヤツが風呂を占拠してるんすよ」

「変なヤツ……で、ござるか？」

「そうなんです……湯船で酒を飲んでいるみたいで……風呂に入ろうとするとすっごいウザ絡みし

てくるんだ」

「しかも、男湯だってのに、そいつ女なもんだから、下手に追い出せないっていうか……」

「……なんですと？」

魔族の男の言葉に、ピクリと反応するホクホクトン。

「中にいるのは……女、で、ござると？」

「えぇ、そうなんです。だから手に負えなくて」

「ふむ……つまり、へんた……つまりそんな女の対処をするには、あんな事やこんな事をでござるな……ふぉぉ！　たぎってきたでござるぅ！」

ホクホクトンは歓喜の表情を浮かべながら、両腕をぐるんぐるんと回した。

そんなホクホクトンに、番台の女魔族が泣きそうな表情になりながら声をかける。

「それで……私が勇気を出して、出ていってもらえるように、お願いに行ったんですけど……『よいではないか、よいではないか』とか言いながら、服を脱がされてしまって……あんな事や、こんな事を……」

思わず泣き出してしまった女魔族を、周囲の魔族達が慰めていく。

そんな中……ホクホクトンの顔からは表情が抜け落ちていた。

先ほどまで、変態女に突撃していく自分を想像しながら興奮していたホクホクトン。

……しかし、

（……その酒癖の悪さ……思い当たる女が一人しかいないでござる……と、いうか、またあの女絡みでござるか……）

ホクホクトンは表情を強《こわ》ばらせながらも、ゆっくりと男湯に入っていく。

脱衣室を抜けると、湯船の方から、

たびはたのしや～♪　酒といっしょに西、東～♪

妙にコブシを聞かせた歌声が響いてくる。

その声を聞いたホクホクトンは、

（……あ～この歌声、やっぱり……）

つかつかと湯船に向かい、扉を思いっきり開いた。

その向こうに、

湯船につかって酒を飲んでいるテルビレスの姿があった。

「てめぇ！　やっぱり貴様の仕業でござるか、この駄女神がぁ！」

「え～……誰よぉ、今いいとこなんだから邪魔しないひでぶぅ!?」

上機嫌のテルビレスの顔面に、ホクホクトンが放り投げた桶《おけ》が激突する。

それを受けて、テルビレスはド派手に吹き飛んでいった。

その豊満な体が惜しげもなく露《あら》わになっている……のだが、そんな物には目もくれず、ホクホクトンはテルビレスに向かってまっすぐ突っ込んでいく。

「あ、あらぁ!? だ、誰かと思ったら、ホクホクトンじゃないのぉ。な、何をそんなに怒っているのかしあべしぃ!?」

「うるさいでござる」

「だ、だからぁ、今、気持ち良くお酒を飲みながらお風呂に入っているところだから見逃してわばぁ!?」

「見逃せぬでござる」

「あ、わ、私、なんか目が覚めたかもぉ! す、すぐにここから出ていくぜぐぉ!?」

「拙者が追い出すでござる」

必死に言い訳を繰り返すテルビレス。

そんなテルビレスをホクホクトンは容赦なく追い立てていく。

その一切容赦のない攻撃音が、浴槽内に響いた。


程なくして……

「いや、迷惑をおかけしたでござるな。諸悪の根源は成敗したでござる」

湯船から出て来たホクホクトンは、脱衣所に準備されているタオルでグルグル巻きにされた何かを肩に担いで外に出てきた。

「ほ、ホクホクトンさん、あの女は……」

「うむ、きっちり成敗して、駆除したでござるゆえ、安心して入浴してほしいでござる」

ホクホクトンの言葉を受けて、入り口で待機を強いられていた魔族達が歓声をあげながらお風呂の中に入っていく。

「あ、あの……ホクホクトンさん」

番台の女魔族が、ホクホクトンに笑顔で声をかけていく。

「なんでござるか、そこの麗しい女性の方」

テルビレスに対峙《たいじ》している時には考えられないほど、清々《すがすが》しい表情を浮かべながら魔族の女へ視線を向ける。

そんなホクホクトンに、女魔族は、

「本当にありがとうございました。本当に助かりました……あの、お礼に……」

そう言うと、番台の下に手を突っ込み、ゴソゴソしていく。

「いやいや、お礼など気にしなくてもいいのでござるよ。ですが、どうしてもと言われるのでしたら、そうですな、夜景の美しい食事処《どころ》で夕飯を共にし、その後くんずほぐれつな一夜を……

ふぉぉ！　たぎってきたでござる！」

歓喜の表情を浮かべながら、ガッツポーズをするホクホクトン。

そんなホクホクトンに、

「はい、これをどうぞ」

女魔族は、一本の飲み物を差し出した。

「……これは……なんでござる？」

「はい、カウヒーミルクです。フリース雑貨店さんの新製品ですよ」

「か、カウヒー……？」

「はい、カウドンのお乳を加工したものに、カウヒーっていう飲み物を加えた飲み物なんですけど、お風呂上がりに飲むととっても美味《おい》しいんです。私からの気持ちです」

にっこり微笑みながら、瓶入りのカウヒーミルクを差し出した。

ホクホクトンは、それを受け取ると、

「……あ、はい……」

呆然《ぼうぜん》とした表情のまま返事をすると、カウヒーミルクを受け取り、フリオの湯を後にしていった。

その間、ホクホクトンが担いでいるタオルの簀巻《すま》きはピクリともしなかった。

◇ホウタウの街・フリオ宅　エリナーザの自室◇

この日、エリナーザの部屋に、ゾフィナが訪れていた。


——ゾフィナ。

新界の使徒であり普段は神界に住んでいる。

血の盟約の執行官としての役割も担っており、その際は半幼女半骸骨姿で現れる。


ゾフィナは困惑した表情を浮かべながら、エリナーザの部屋の中を見回している。

私室であるその部屋の中で、エリナーザは机に座り魔導書を見ながら、魔法陣を展開させているところだった。

「……あ、あの……」

「……えっと、ゾフィナさんですよね」

「え、えぇ、そうですが……あの、わ、私はどうしてこの部屋に通されたのでしょうか？

今日の私は、フリオ様から、いつもの粉薬を受け取りに来たのですが……」


粉薬……

それは、本来クライロード世界に存在してはいけない害獣である、厄災魔獣の骨からしか精製することが出来ない特殊な薬である。

その薬は、滋養超強壮・疲労超回復・超美肌効果などの効能があり、その効能は本来人種族の薬など効くはずがない神界の女神達にも強力な効果があった。

厄災魔獣の骨を精製する行為は、神界の住人でも不可能であり、全世界の中でフリオただ一人が精製することが出来るのであった。

……のだが……

「はい、これ」

「……え？」

エリナーザから手渡された袋を手に持ったゾフィナは、困惑した表情をその顔に浮かべながら、袋とエリナーザを交互に見つめた。

「……え、エリナーザ殿……こ、この袋は一体……」

「粉薬よ。パパに頼まれて私が作ったの」


……しばしの沈黙。


「は、はぁ!?」

エリナーザの言葉の意味をようやく理解したゾフィナは、目を丸くしながら声をあげた。

「ちょ、ちょ、ちょっと……ちょっとお待ちくださいエリナーザ様!?　こ、この粉薬を、あなた様が精製なさったというのですか？」

「えぇ、そうよ……ほら、これ」

そう言って、机の引き出しを開ける。

その引き出しの中には、粉薬として精製された残りらしい、厄災魔獣の骨が入っていた。

その骨の先端部分は綺麗《きれい》に摩耗しており、そこから先がすり潰されて、粉薬の精製に使用されたのは間違いなかった。

困惑しながらも、右手を紙袋にかざすゾフィナ。

紙袋の上に魔法陣が出現し、紙袋をスキャンするように、上から下へと移動していく。

その検査結果が、ゾフィナの眼前に、ウインドウ状態で表示される。

そのウインドウには、

『粉薬（厄災魔獣の骨）』

そう記載されていた。

目を丸くしながら固まっているゾフィナ。

そんなゾフィナの前で、椅子に座ったままのエリナーザは、

「それで問題ありませんか？」

「え？」

「パパが今日お渡しする約束をしていた分量だけ、ちゃんと入っていると思いますけど？」

「え……あ、はい……た、確かに受領いたしました」

ようやく我に返ったゾフィナは、その場で深々と頭を下げる。

（……こ、粉薬……厄災魔獣の骨を生成しないと作成出来ないはずですが……ま、まさかそれを行うことが出来る方がフリオ様以外におられるとは……）

ゾフィナは額に汗を流しながら、紙袋を見つめている。

玄関から外へ出たゾフィナはいまだに唖《あ》然《ぜん》とした顔を浮かべ続けていた。

（……いや、しかし……何度考えても、おかしいというか……フリオ様が粉薬を生成出来るだけでもあり得ないことですのに……その長女であるエリナーザ様まで、同じ粉薬を生成出来るようになっているなんて……）

困惑しながら、考えを巡らせ続ける。

そんなゾフィナの前に、魔獣の背に乗ったリルナーザが通りかかった。

「お姉さん、こんにちは！」

魔獣の背に乗ったまま、ぺこりと頭を下げながら丁寧に挨拶をするリルナーザ。

「あ、はい。こんにちは」

ゾフィナはあまりに丁寧な挨拶を前にして、自らもきちんと挨拶を返した。

そのまま、リルナーザはゾフィナの前を通りすぎていく。

……のだが、

一度やり過ごしたリルナーザの方へ、ゾフィナの視線が再び注がれた。

その視線の先、過ぎ去っていくリルナーザが乗っている魔獣……

「あ、あの魔獣って……ま、まさか……」

目を丸くしたまま、ガタガタと体を震わせているゾフィナ。

「あぁ、あの魔獣でしたら、厄災の熊の子供ですよ」

そんなゾフィナの後方から、フリオの声が聞こえてきた。

「あ、ふ、フリオ様!?」

いきなり声をかけられて、ゾフィナは慌てて振り向く。

その視線の先に、フリオの姿があった。

転移魔法で帰宅したばかりらしく、その後方には転移ドアがまだ具現化している状態だった。

ゾフィナは、フリオとリルナーザを交互に見つめながら、何から言葉を発していいか混乱しているのか、口をパクパクさせ続けている。

「あぁ、あの魔獣なんですけど、先日、日出国《ひいずるくに》で出没情報をキャッチしまして、ガリルと一緒に行って捕縛してきたんですよ」

「ほ、捕縛って……こ、子供でもあの魔獣はかなり凶暴なはずですが……」

「確かに、親熊はかなり凶暴でしたけど、なんとか倒すことが出来ました」

「た、確かに……フリオ殿は、お一人で厄災魔獣を退治出来ますし……」

「あ、いえいえ。今回厄災の熊を倒したのはガリルなんですよ」

「え!?」

フリオの言葉に、再び目を丸くするゾフィナ。

(……ちょ……ちょっとお待ちください……や、厄災魔獣を討伐するには、我ら神界の使徒でも数人がかりで挑まないと命が危ないというのに……百歩譲って、フリオ様は神界の女神並の魔力をお持ちですので、厄災魔獣をお一人で退治出来たとしても納得いたしますが……で、ですが、そのお子様であるガリル様が、厄災魔獣を倒したなんて……)

ゾフィナは困惑しながらも考えを巡らせ続ける。

そんなゾフィナの前で、フリオは、

「それで、厄災の熊を退治したら、その巣にあの子がいたんですが、あの子がリルナーザにすっごく懐いてしまいまして、リルナーザの使い魔にして連れて帰ってきたんです。あ、きちんと使い魔契約もしていますので、ご安心ください」

その顔に、いつもの飄々《ひょうひょう》とした笑みを浮かべながら説明していくフリオ。

その言葉を聞きながら、ゾフィナは完全に表情を無くしていた。

(……使い魔……契約……子供とはいえ……あの厄災を、使い魔……)

頭の中でグルグルと考えを巡らせ続けていたゾフィナ……しかし、ハッと我に返ると、

「……わかりました。では、またお約束の期日に、粉薬をいただきにまいりますので」

妙に事務的な口調で用件を伝えると、右手に断裁の鎌を出現させ、それをぐるんと回転させる。

すると、鎌の刃の動きに合わせて空間が切り裂かれ、その中に自らの体を投入していく。

彼女は、この時、

(……フリオ様一家の事を考えるのはやめよう……規格外すぎて、理解なんて出来るはずがありません)

そんな結論にいたり、すべての思考を停止させ、神界へ帰っていったのだった。

ゾフィナが消えた空間を見つめながら、フリオは首をひねっていた。

「……ゾフィナさん……なんだか様子がおかしかったけど、大丈夫かな?」

そんな事を口にしながら、自宅へと向き直る。

すると、

「パパ！　お帰りなさい！」

フリオが帰宅したことに気がついたリルナーザが、満面に笑みを浮かべていた。

厄災の熊の子供の背に乗ったまま、フリオの元へ近づいていく。

そんなリルナーザに、フリオはいつもの飄々とした笑みを浮かべると、

「ただいま、リルナーザ」

駆け寄ってきたリルナーザを乗せた厄災の熊を抱き留めた。

子供とはいえ、厄災魔獣だけあり、その突進は甘えているとはいえかなりの力だった。

しかし、常時発動魔法で、その突進力をあっさりと受け止めた。

「リルナーザ。パパ以外の人に、この子を突進させちゃいけないよ」

「はい！　わかりました」

フリオの言葉に、リルナーザは満面の笑みで頷く。

「そういえば、この子の名前はもう決めたのかい？」

「えっと……候補がたくさんあって、なかなか決められないんです」

「じゃあ、パパと一緒に考えようか？」

「ホントにいいんですか！　すごく嬉しいです！」

フリオの言葉に、嬉しそうに頷くリルナーザ。

その言葉の意図を理解しているのか、厄災の熊も何度も頭を下げる。

そんな一人と一匹と一緒に、フリオは家の扉を開けた。

「ただいま」

フリオの声が家の中に響いていった。

あとがき

　この度は、この本を手に取っていただきまして本当にありがとうございます。

『Ｌｖ２チート』も12巻になりまして、登場人物達《たち》もそれなりに成長しています。特にフリオの息子ガリルに関しては幼少期のわんぱくなイメージから、父であるフリオの落ち着いた雰囲気を持った青年になっていたりしていますが、魔族の血を引いているガリルだけに、非常に成長が早く、その上で姫女王様との間がどうなっていくか、楽しみにしていただけたらと思っております。

　今巻は、全エピソードのうち三分の二が新作書き下ろしになっております。ウェブ版では読むことが出来ないエピソードが満載になっており、そのあたりも楽しんでいただけたら幸いです。

　今回も、コミカライズ版『Ｌｖ２チート』五巻との同時発売になっており、原作者といたしましてそちらもとても楽しみにしております。また、九月には私原作作品である『異世界屋台めし「えにし亭」③』がコミックジャルダン様より発売になり、あわせて年内に新たなコミカライズが二作品はじまる予定になっておりますのでそちらも何卒《なにとぞ》よろしくお願いいたします。

　最後に、今回も素敵なイラストを描いてくださった片桐《かたぎり》様、出版に関わってくださったオーバーラップノベルス及び関係者の皆様、そしてこの本を手に取ってくださった皆様に心から御礼申し上げます。

二〇二一年七月　鬼《き》ノ城《じょう》ミヤ

Lv2からチートだった元勇者候補のまったり異世界ライフ 12

発行　2021年7月25日　初版第一刷発行

著者　鬼ノ城ミヤ

イラスト　片桐

発行者　永田勝治

発行所　株式会社オーバーラップ
〒141-0031
東京都品川区西五反田8-1-5

校正・DTP　株式会社鷗来堂

印刷・製本　大日本印刷株式会社

ISBN　978-4-86554-960-7 C0093

【オーバーラップ　カスタマーサポート】
電話　03-6219-0850
受付時間　10時～18時(土日祝日をのぞく)

作品のご感想、ファンレターをお待ちしています

あて先:〒141-0031　東京都品川区西五反田8-1-5 五反田光和ビル4階　オーバーラップ編集部
「鬼ノ城ミヤ」先生係／「片桐」先生係

スマホ、PCからWEBアンケートにご協力ください

アンケートにご協力いただいた方には、下記スペシャルコンテンツをプレゼントします。
★本書イラストの「無料壁紙」　★毎月10名様に抽選で「図書カード(1000円分)」

公式HPもしくは左記の二次元バーコードまたはURLよりアクセスしてください。
▶ **https://over-lap.co.jp/865549607**
※スマートフォンとPCからのアクセスにのみ対応しております。
※サイトへのアクセスや登録時に発生する通信費等はご負担ください。

オーバーラップノベルス公式HP ▶ **https://over-lap.co.jp/lnv/**

絶望と最強の兆しを手に
少年は超大作エロゲの世界を生きる――!!
エロゲ転生
運命に抗う金豚貴族の奮闘記1
著 名無しの権兵衛 イラスト 星夕
8月25日発売!
オーバーラップ文庫

自作の刀が神器に認定され、
でたらめな魔力
授かりました。
CHECK!!!
8月25日
発売!
OVERLAP
NOVELS
鴉ぴえろ
イラスト: JUNA
転生令嬢カテナは異世界で
憧れの刀匠を目指します!
~私の日本刀、女神に祝福されて大変なことになってませんか!?~

異世界で土地を買って農場を作ろう
Let's buy the land and cultivate in different world
ラクラク
最強の《至高の担い手《ギフト》》で
農場開拓ライフ!
人魚やドラゴンの
美少女と送る
賑やか
スローライフ!
岡沢六十四
イラスト: 村上ゆいち
異世界へ召喚されたキダンが授かったのは、《ギフト》と呼ばれる、能力を極限以上に引き出す力。キダンは《ギフト》を駆使し、悠々自適に異世界の土地を開拓して過ごしていた。そんな中、海で釣りをしていたところ、人魚の美少女・プラティが釣れてしまい——!?
OVERLAP
NOVELS

第9回 オーバーラップ文庫大賞
原稿募集中!
イラスト：KeG
紡げ、魔法のような物語!
【賞金】
大賞…300万円
(3巻刊行確約+コミカライズ確約)
金賞……100万円
(3巻刊行確約)
銀賞……30万円
(2巻刊行確約)
佳作……10万円
【締め切り】
第1ターン 2021年6月末日
第2ターン 2021年12月末日
各ターンの締め切り後4ヶ月以内に佳作を発表。通期で佳作に選出された作品の中から、「大賞」、「金賞」、「銀賞」を選出します。
投稿はオンラインで! 結果も評価シートもサイトをチェック!
https://over-lap.co.jp/bunko/award/
〈オーバーラップ文庫大賞オンライン〉
※最新情報および応募詳細については上記サイトをご覧ください。
※紙での応募受付は行っておりません。